Di Mauro Corona negli Oscar

Aspro e dolce
La ballata della donna ertana
Cani, camosci, cuculi (e un corvo)
Il canto delle manére
Come sasso nella corrente
I fantasmi di pietra
Favola in bianco e nero
La fine del mondo storto
Guida poco che devi bere
Una lacrima color turchese
I misteri della montagna
Nel legno e nella pietra
Nel muro
Gli occhi del bosco
(Cani, camosci, cuculi (e un corvo) - Storie del bosco antico)
L'ombra del bastone
Il passo del vento (con Matteo Righetto)
Storia di Neve
Storie del bosco antico
Vajont: quelli del dopo
Venti racconti allegri e uno triste
La via del sole
La voce degli uomini freddi
Le voci del bosco
Il volo della martora

MAURO CORONA

LA VIA DEL SOLE

I edizione Scrittori italiani e stranieri giugno 2016
I edizione Oscar Absolute giugno 2017
I edizione Oscar Bestsellers giugno 2021

ISBN 978-88-04-74177-0

Questo volume è stato stampato
presso ELCOGRAF S.p.A.
Stabilimento - Cles (TN)
Stampato in Italia. Printed in Italy

oscarmondadori.it

Anno 2021 - Ristampa 4 5 6 7

librimondadori.it

La via del sole

A ricordo dei fratelli
Giorgio e Marco Anghileri,
che le montagne le amavano.

Non posso
starmene seduto.
A presto.
Domani
ci rivedremo.
Oggi ho molte
battaglie da vincere.
Oggi ho molte ombre
da squarciare e sconfiggere.
Oggi non posso
stare con te, devo
portare a termine il mio compito
di luce:
andare e venire per le strade,
le case e gli uomini
sconfiggendo
l'oscurità. Io devo
farmi in mille
finché tutto sia giorno,
finché tutto sia chiarore
e allegria sulla terra.

PABLO NERUDA, *Ode al chiarore*

1

La scelta

Un giovane di buona famiglia – si può dire eccellente famiglia, fresco ingegnere, ricco, ventinove anni, piuttosto belloccio – un giorno decise di lasciare la società caotica e confusa, frenetica e feroce e ritirarsi in una baita di montagna. Scelta piuttosto difficile soprattutto se fatta da un ragazzo. Non tanto per la decisione coraggiosa, e in certi versi encomiabile, bensì per la complessità di mantenere a lungo tale proposito. Non è semplice vivere isolati dal mondo, a nemmeno trent'anni. Per di più dopo una vita agiata con facilitazioni di ogni genere.

A quella notizia, i genitori trasalirono. All'inizio fecero di tutto per dissuadere il figlio, ma non ci fu verso, il giovane aveva stabilito così e così fu. Ovviamente i genitori, dopo il primo smarrimento, chiesero il perché di quella fuga. I motivi erano tanti e svariati, ognuno di peso diverso, ma tutti validi. Di sicuro non contestabili, giacché, analizzati uno per uno, davano ragione al ragazzo senza ombra di dubbio. Il quale all'inizio aveva deciso di non chiarire un bel niente. Andava lassù e basta. Non era necessario far capire né giustificare a chicchessia il suo sdegnoso ritiro dal mondo. I genitori ci rimasero male. E allora, notando quei volti contriti, provò tenerezza e si risolse a spiegare loro almeno una parte delle ragioni che lo avevano indotto alla fuga. Non certo per tranquillizzarli, sarebbe stato difficile, ma affinché si rassegnassero all'assenza con l'aiuto di qualche buona convinzione.

E così, una sera dopo cena, e dopo un'attenta scelta delle parole, convocò i genitori nel salotto buono e iniziò a elencare i motivi del suo togliersi dall'umana confusione. E cominciò. Innanzitutto per eccesso di cose, oggetti, comodità. Le quali fasciavano la sua vita come le bende di una mummia e lo stavano soffocando. Seppur ancor giovane, era infatti già ridotto all'asfissia. Ma non fu questo il punto più valido, bensì un altro: gli era venuto il voltastomaco di tutto. Anche dei falsi amici che lo circondavano, non per affetto, ma per le sue ricchezze, le automobili che sfoggiava, i regali, le donazioni in denaro che faceva. E ancora per feste che dava nelle sue ville al mare e in altre ai piedi delle montagne. E poi, conoscenze importanti facevano grimaldello per aprire svariate porte a questi amici interessati. Molte convenienze a loro favore erano ottenute dalla personalità del giovane, dalla sua influenza su chi contava in quel momento. E chi contava dopo, faceva capo comunque alla sua famiglia ricca e potente.

Il giovane ingegnere era un'anima buona, generoso e di larghe vedute ma, come tutti coloro che nascono ricchi, piuttosto viziato. Per lui l'erba voglio cresceva stabile nel giardino della vita, d'estate e d'inverno. Così, dài e dài, ottieni oggi ottieni domani, il ragazzo era nauseato. Da tutto perché aveva tutto. E peggio ancora, si stava annoiando.

Il premio Nobel per la letteratura Iosif Brodskij un giorno

disse: «Nessuno è tanto annoiato quanto un ricco, perché il denaro compra il tempo, e il tempo è ripetitivo». Ora, qui ci sarebbe da obbiettare su alcune cose. Non ultima che molti poveri ridotti alla fame, barboni, derelitti, bambini senza cibo, si annoierebbero volentieri per un po' di tempo ripetitivo. Ma questo è un altro discorso, anzi è un'altra storia.

Vorrei vedere un padre di famiglia in difficoltà, che non arriva a fine mese e improvvisamente si trova miliardario, se viene aggredito dalla noia. Viene da pensare di no. Tuttavia, per dare qualche ragione al grande poeta russo, il giovane in questione si era annoiato davvero. O forse, stava pian piano approdando a una fase di noia brodskijana. Di preciso non si sa. Sta di fatto che decise di punto in bianco di ritirarsi sotto il cielo, vicino a boschi, cascate e picchi dolomitici, dove lo smog della noia non sarebbe arrivato.

Vi è da dire che, oltre ai motivi fin qui elencati, e altri che taceremo, complice del ritiro fu pure un amore finito male e la improvvida, casuale lettura di Henry David Thoreau, *Walden. Ovvero vita nei boschi*. Quel libro gli aveva dato la spinta finale gridando imperioso: «Vai!». E lui andò.

Pur essendo giovane, aveva avuto tutto quello che un ragazzo può sognare dalla vita. Abiti griffati, automobili, ville, amici, donne, affetto, salute e bellezza. E ancora innumerevoli cose che si ottengono col denaro. Di tutto ciò ormai non era più contento. O meglio, gli rimaneva la gaia contentezza dell'affetto, dell'ottima salute, della beltà di cui menava vanto, non certo dei beni materiali. Il cui possesso, dopo qualche tempo, lo deludeva e stancava. Aveva capito fin da piccolo che la durata emotiva degli oggetti era molto corta. I giocattoli lo stufavano subito. Anche i più prestigiosi. Una volta cresciuto desiderava cambiare automobile? Detto e fatto. Emozioni chiavi in mano e via. Ma dopo un anno che la usava non ricordava nemmeno di averla. Ed era sempre così, con tutto. Gli ritornava spesso in mente il caso di suo padre, industriale di successo nel ramo del marmo. A un'asta londinese aveva acquistato un carboncino di Van Gogh, *Raccoglitrici di patate*. All'entrata in casa di quella meraviglia ci fu gran festa come fosse arrivato un figlio nuovo. Anzi, di più. Per molti mesi tutti e tre i membri della famiglia non fecero altro che commentare quel quadretto dalle dimensioni ridotte. Lo ammiravano, lo toccavano, se lo passavano di mano, ne discutevano. Insomma, vivevano un'estasi continua di gioia e soddisfazione. Ma, ad ogni mese che se ne andava, l'entusiasmo spariva come neve al sole. Fino al punto che tutti al mattino uscivano per le loro faccende, senza più accorgersi dell'opera vangoghiana. Se al suo posto ci fosse stato il quadro di un fallito pittore domenicale sarebbe stato lo stesso. L'abitudine oscura sentimenti e oggetti, fasciandoli di buio e dimenticanza. Ma riguardo ai sentimenti c'è da dire una cosa: esistono anime forti e nobili che li conservano intatti fino alla morte. Sono persone rare, da tenere molto strette una volta incontrate.

Tornando al giovane, mentre spiegava ai genitori i motivi della sua scelta, gliene venivano in mente altri, mai valutati e che invece erano validi quanto i primi. S'accorse con stupore che uno ne trascinava tanti, come il capo dei lupi si fa seguire dal branco. Scoprì nella memoria dell'infanzia, depositati uno sull'altro come strati di tenere argille, i buoni ricordi. Dormivano da tempo. Ora si destavano visioni di montagne, limpide sorgenti, ruscelli canterini, pascoli verdi e cascate lucenti di sole. Sì, il sole! Era lui il ricordo più bello. Da bambino, d'estate, il padre lo portava in montagna a villeggiare, come usava a quei tempi. Tutta la famiglia stava tre mesi nascosta in una valle remota, dentro un piccolo albergo da poche lire circondato dal prato. Così voleva babbo. Niente lussi né comodità. Quelli rimanevano a casa, lassù soltanto l'essenziale. La mamma era piuttosto contraria a quelle volute privazioni, ma doveva attenersi alle scelte irremovibili del consorte. Il quale asseriva di fornire in quel modo una forma di stoica educazione che in futuro poteva servire al ragazzo. Infatti servì.

Durante le vacanze, il piccolo veniva affidato a una vecchia guida, esperta e sicura, che lo portava a vedere le montagne. A conoscerle da vicino e, ove il terreno non di rado permetteva, salire fino in vetta. C'era sempre un bel sole che li accompagnava. Così quel bimbo si innamorò del sole. Quando stava sui monti, pareva se lo bevesse, tanto ne era entusiasta. Nei giorni di ozio concesso al recupero, il piccolo era capace di seguire l'arco d'oro del sole da quando nasceva a quando spariva dietro il costone occidentale. Nel frattempo leggeva, occupando una poltroncina sul prato adiacente l'albergo. Questi erano i ricordi di quelle remote estati all'aria aperta. Belle, uniche e indimenticabili.

Una volta si trovava assieme alla vecchia guida, davanti al rifugio, dopo aver salito una cima. Stava tramontando il sole, il ragazzino lo ammirava incantato. Quando l'astro scomparve dietro un picco roccioso, si avvilì. Disse rivolto alla guida: «Che peccato, il mio amico non c'è più». L'uomo stava fumando una pipa sgangherata seduto sulla panca di larice. Poco prima, la sua barba ardeva illuminata dagli ultimi raggi, ora era diventata grigia e spenta come la vecchia cenere degli anni.

Disse al ragazzino di mettersi accanto a lui, che doveva parlargli. E gli raccontò la storia del sole. «Non è un peccato che sia scomparso» disse. «È andato a dormire, come fai tu la sera quando sei stanco. Se non fa nuvolo, domani torna, potrai guardarlo di nuovo, goderne il calore e la compagnia. Se rimanesse sempre lassù, a piombo nel cielo, ti stancheresti di vederlo, ti annoieresti. Le cose, per essere apprezzate, devono andare e venire, come il mantice della fisarmonica. In pratica mancare e tornare. Devono assentarsi per poi riapparire affinché si possano conservare. Altrimenti evaporano, stufano. Quando hai fame mangi e godi il piacere del cibo. Una volta sazio non mangi più. Poi torna la fame, come torna il sole, mangi di nuovo e ti fai scaldare. Così funziona. Se non mangi muori, se mangi di continuo muori ugualmente. Un giorno scoprirai che avere sottomano sempre le stesse cose, alla lunga, ti annoierà. Bisogna alternare. Per questo esistono il giorno e la notte, l'ordine e il disordine, il bene e il male, l'amore e l'odio, il pieno e il vuoto e via dicendo. Nessuna cosa, seppure bella come il sole, si fermerà nella tua testa. Galleggiamo sulla vita come barchette e tutto ciò che galleggia prima o dopo va a fondo.»

«Cos'è di più bello del sole?» chiese il bambino.

«La luna» rispose il vecchio.

Fece una pausa, una lunga tirata di pipa e proseguì: «È impossibile esistano cose belle come il sole e la luna». Il bambino prontamente rispose: «A me piace il sole». L'uomo ci pensò e disse: «Hai ragione, ma io non intendevo questo. Intendevo le cose create dagli uomini: aerei, automobili, castelli, città, dighe, ponti. Quelle cose lì, intendevo. La natura soltanto è bella come il sole. E la donna che ami. Ma ti devi innamorare da vecchio, quando ormai hai poco tempo. Se ti capita prima non comprendi e rovini tutto. Come ho detto poc'anzi, da giovane ti viene a noia l'amore. Allora ricordati: solo la natura e la donna che ami da vecchio sono belli come il sole». Tirò ancora la pipa. Il ragazzino disse: «Come si fa a conoscere la natura e la donna che ami?». Il vecchio rispose: «Stanno nascoste, ma le puoi vedere in un fiocco di neve, un vitellino che nasce, nel tramonto del sole. Ecco perché non è un peccato che si nasconda a riposare. È lui che produce l'energia che fa vivere la terra e fiorire un amore anziano. Entrambi sono belli come lui. Però alla sera è stanco e deve andare a dormire come quelli che hanno lavorato e sono esausti. Dormono tutti anche chi è rimasto in ozio. Quindi non devi rammaricarti se il tuo amico va a cuccia dietro il dente di pietra». Tirò ancora una boccata.

Il piccolo, che aveva undici anni ed era molto sveglio, disse: «Io so di terre lontane dove il sole lavora e fatica ma non va a nanna. L'ho imparato a scuola. Sta sempre lassù appeso al cielo, a splendere e scaldare, e non tramonta mai. Perché non qui?». La guida lo guardò benevolo e rispose: «Ci va, ci va. Va a dormire anche lì. E quando si mette a nanna, ronfa per sei mesi. Sei mesi di buio totale ti piacerebbero? Centottanta e passa giorni senza nemmeno un raggio, che dici? Dai retta a me, meglio averlo un po' ogni dì e contentarsi». Il piccolo rimase impressionato all'idea che una sola notte durasse sei mesi, e rispose un secco "no". «Non mi piacerebbe» disse, «però, se non c'era quella montagna, il mio amico sole sarebbe ancora qui.»

«La montagna» disse la guida «sta semplicemente al suo posto. È lì dalla creazione del mondo. Con i "se" non vai da nessuna parte. Io potrei dirti: "Se non nascevi evitavi il problema del monte che ti ruba il sole". Devi imparare a contentarti, invece. La terra ti offre quello che ha, e non è poco. Inoltre tu possiedi un tesoro unico, non acquistabile dai soldi.»

«Quale?»

«Rifletti. Esistono tanti bimbi come te che il sole non lo hanno mai visto. Sono nati ciechi. Altri sono poveri, orfani, abbandonati, non hanno famiglia, né da mangiare, né un posto dove dormire. Molti vivono nelle fogne, per scampare al freddo. E non dicono mai "se".»

Il ragazzino era nato e cresciuto nella bambagia, in una famiglia colta e sicura. Seppur assai giovane, si stava addestrando a volere, vincere e ottenere, perciò la sapeva lunga. Ribatté alla sua guida che bastava tirar via quel pezzo di montagna e il sole sarebbe rimasto più a lungo.

«Ma poi tramonterà» disse la guida con espressione seria. «Tutto tramonta prima o dopo. E le montagne stanno bene dove sono e come sono. Guai all'uomo che vorrà cambiarle, rovinarle, modificarle per proprio interesse. Si vendicheranno, questo è certo. Eppure non sono cattive. Ho perso molti amici mentre scalavano montagne, ma non le odio. Alcuni sono rimasti per sempre nelle fenditure della roccia, nei burroni. Le montagne sono piramidi, tombe per il riposo eterno. Noi siamo i faraoni, re della natura, se ci comportiamo bene essa ci premierà. Quando morirò vorrei essere sepolto dentro una montagna come gli antichi faraoni. Quella sarà la mia tomba. La mattina vedrò il sole spuntare e sparire dietro le rocce sotto le quali sto riposando. Mi basta così. Non è necessario avere sole tutto il giorno. E per averlo demolire la montagna.» Tirò un lungo respiro, una soffiata alla pipa e aggiunse: «Nessuno deve alzare le mani sulle montagne, nessuno deve levare un piccone per ferirle. Nessuno deve distruggere la natura. Ricordati di questo. Non serve altro».

Il ragazzo ascoltò attentamente. E, molti anni dopo, ma proprio molti, ricordò. Intanto viveva la sua fortunata infanzia, studiando e facendo sport. E, quando arrivavano le vacanze, godendosi la vita all'aria aperta, nello spazio salubre dei monti, sotto il sole dell'estate. Ma, come è stato accennato, il tempo corre in fretta, niente è più veloce dei giorni.

2
L'annuncio

La sera di quell'annuncio inaspettato, mamma e papà si disperarono chiedendosi e chiedendosi dove avessero mancato. O in che cosa. A dire la verità, pensavano di non c'entrare nulla ma, lo stesso, nel profondo, udivano battere un senso di colpa. Allora il ragazzo, con piglio sereno e convincente, raccomandò che stessero tranquilli, non avevano alcuna colpa. Ma mentì. Infatti, la decisione di salire ai monti era favorita anche dall'assillante pressione dei genitori che ogni giorno lo esortavano a mettere la testa a posto. Ma cosa voleva dire? Voleva dire fare giudizio, scegliersi la compagna giusta, creare una famiglia, non correre più dietro a tutte le sottane che vedeva. Insomma, volevano trovasse una donna seria, la sposasse, regalasse loro dei nipotini. Questo volevano, e glielo ripetevano spesso.

A dire il vero, una giusta c'era stata, ed era pure seria ma, di punto in bianco, lo aveva piantato in asso. Che fosse seria lo dimostrò lasciando lui, bello e pieno di soldi, per sposare un boscaiolo dall'aria triste, con mani che, ad ogni carezza, lasciavano segni di raspa, però, quando le raccontava dei boschi in fiore, piante e alberi d'autunno, rimaneva incantata e non vi erano soldi né lussi a sostituire quelle parole. Lo smacco subìto dalla perdita d'amore, ma si può dire l'affronto, provocò nel giovane ingegnere un moto di ripulsa verso ogni donna. Se prima ne aveva molte, ora non ne voleva più nessuna. Ma non era facile. Doveva scovare un angolo di salvamento, un'isola per non incorrere in tentazione. Un luogo perfetto, fuori mano, quel punto isolato tra i monti dove nessuno avrebbe potuto avvicinarlo. Ecco uno dei tanti motivi.

Il giovane andò avanti parecchio nell'impegno arduo di illustrare ai genitori gli altri spintoni che lo inducevano al ritiro. Tacque, ovviamente, quello creato da loro con le insistenze sul matrimonio. Ogni qualvolta che concludeva le spiegazioni, aggiungeva queste parole: «E poi in alto c'è il sole, sono più vicino al sole. Lassù la luce dura a lungo. E se piove o nevica, so che dietro le nuvole è lì che mi aspetta».

«Il sole lo hai anche quaggiù, quando c'è» diceva la mamma. «Lo puoi vedere da qui senza scappare sulla montagna.»

«Sulla montagna dura di più» rispondeva il figlio. «A me piace il sole, lo sapete bene, e sui monti tramonta più tardi che a fondovalle.»

Il ragazzo era un tipo piuttosto sensibile. Aveva poca stima dei suoi simili. Una cosa lo deprimeva: la frenesia, la fretta, la velocità, il turbinio degli uomini che correvano senza pace. Ormai la pazienza, la calma, il cedere il passo non esistevano più. Se, ad esempio, con l'auto si fermava al semaforo mezzo secondo più del dovuto, dietro di lui i clacson lo annientavano. La gente baruffava spesso, a volte si uccideva per inezie, anche solo per un posto al parcheggio. Tra condòmini manco si rivolgevano parola. Bastava che il gatto del vicino traversasse il cortile della casa accanto perché venisse trovato morto poco dopo. Queste cose il giovane le vedeva e le registrava ogni giorno. Non potendo porvi rimedio, decise di sparire, togliersi una volta per tutte dal consorzio umano. Pensò: "Se mi ritiro in alta quota incontrerò meno cretini. La montagna fa selezione, in alto non arrivano. O arrivano in pochi". Questo pensava. Vi è da dire che c'era molta gente perbene in circolazione, ma non tanta quanto farabutti, falsi, opportunisti, cattivi, razzisti, eccetera. Quelli costituivano l'ottanta per cento della popolazione mondiale. Tutto ciò, mescidato ad altre cose, metteva tristezza al giovane ingegnere.

La mamma gli disse che, invece di fuggire come un topo, avrebbe dovuto impegnarsi in prima persona, rimanere tra la gente a cercare di migliorare quel mondo storto che lo aveva nauseato. Il figlio rispose che se non era riuscito Cristo a metter pace tra gli uomini, come poteva farlo lui? La mamma insisteva. Spiegò che uno accanto all'altro, armati di buona volontà e amore, gli esseri umani potevano davvero aggiustare le cose. «Io il mondo preferisco evitarlo» disse il ragazzo troncando il discorso. Era avvezzo a ottenere quel che voleva, e subito, senza attendere. Lo avevano abituato loro, i genitori, ad avere tutto e in maniera veloce. Le famiglie sono spesso la rovina dei figli. E quando è troppo tardi, mamme, papà e parenti cercano attenuanti al fallimento. A quel punto s'arrendono, abdicano, delegano. Pretendono sia la scuola a raddrizzare quel che loro hanno piegato in malo modo. Questo capita anche nelle famiglie povere, non solo in quelle agiate, dove la buona educazione è presente ma viziata dalla certezza di potersi permettere ogni cosa. I soldi non bastano a forgiare un uomo. Ma neanche la miseria o l'indigenza. Ricchezza e povertà favoriscono brutte pieghe. Ci vuole qualcuno che raddrizzi subito, finché c'è tempo.

In alta montagna i contadini stavano attenti. Se si accorgevano che un alberello cresceva storto correvano ai ripari. Piantavano un paletto accanto al tronco fasciandolo con strisce di garza per costringerlo a salire dritto. Attorno a questi piccoli meli, peri, ciliegi, non avvolgevano fil di ferro, giacché non si mette in linea nulla usando la violenza. Occorrono decisione e fermezza unite alla dolcezza. Il fil di ferro avrebbe ferito quelle piantine. A che serve correggere se uno è scorticato vivo e rovinato? La dolcezza della garza li avrebbe tenuti fissi al paletto senza far loro male. E così crescevano dritti accanto a quel rigido protettore che un tempo fu albero anche lui. Dopo alcuni mesi venivano sbendati ed erano come matite e da lì salivano a piombo senza più gobbe. Se quegli alberi fossero stati adulti, alti e grossi, niente e nessuno sarebbe stato in grado di rimetterli in linea. Le belve del circo vengono ammaestrate da piccole. Chi tenta di far ubbidire un leone adulto viene sbranato. Ogni azione ha il suo tempo, ogni rimedio la sua età. Oltre certi limiti è difficile aggiustare le cose. Non c'è rimedio a un carattere storpiato. Il punto di non ritorno sta dentro di noi e inizia col termine dell'infanzia.

Il giovane ingegnere teneva qualche piega sull'abito della vita, ma ormai non era possibile stirarla. Nonostante questo, era abbastanza corretto e di buone maniere. Salvo la discutibile convinzione, non piccola, di poter ottenere quello che voleva, alla fine era un bravo ragazzo. Rimase tutta la notte a dialogare coi genitori illustrando loro i motivi del suo commiato dal mondo. Ciononostante, non riuscì a rasserenarli né a convincerli fino in fondo. Allora, verso l'alba decise di chiudere il discorso.

«Lassù starò in pace» concluse. «Fermo nella mia solitudine, passerò gli anni al ritmo delle stagioni e del calar del sole.»

Si sbagliava. La solitudine non è stare fermi in un posto isolato. Solitudine è quando si avanza nelle nebbie delle difficoltà e nessuno ci viene incontro. Questo il giovane ingegnere forse non lo sapeva. L'isolamento rivanga antichi dolori, che appaiono, crescono e s'assiepano. S'accumulano pezzo dopo pezzo, come una catasta fatta da un boscaiolo. E non c'è sole che asciughi quella legna umida di lacrime. Spesso la solitudine diventa un assieme, una processione di memorie. A quel punto, per resistere è obbligo muoversi, fare qualcosa. Si deve impiegare il tempo per lottare contro la noia che apre vecchie fosse e riesuma ricordi.

Il giovane ribelle non contava ancora trent'anni, poteva darsi che lassù non resistesse a lungo. Tale scelta la possono azzardare uomini maturi. A una certa età, è facile che un uomo si stanchi dei propri simili. Non ha più voglia di farsi invadere, di sentirne gli odori, le falsità. Il ragazzo, invece, era arrivato molto presto alla drastica scelta. Per questo nutriva alcuni sensi di colpa nei confronti dei genitori. La cosa principale, in quel momento, non era tanto la solitudine cercata, ma la delicatezza di non causare sofferenza a loro. Tutto ciò era quasi impossibile giacché non vi sono leggi che proteggano gli altri dal nostro agire. O dalle nostre scelte. Non esiste felicità se non a scapito di altri.

Conscio che non c'è abbraccio o legame dal quale, prima o dopo, non ci si debba sciogliere, l'ingegnere prese coraggio.

Decise di tagliare i ponti in anticipo. E ritirarsi in barba ai rischi di tenuta per la giovane età e l'usura del silenzio. Doveva farlo. Gli dispiaceva separarsi dai genitori ma, allo stesso tempo, intuiva che il vero modo di stare vicino a qualcuno è allontanarsi. Essere distanti per sentire nostalgia, e di conseguenza recuperare affetto. La lontananza è l'elastico del pensiero che ci riporta ai nostri cari. Ce li fa amare di più perché ravviva i sentimenti assopiti. Ma c'è un rischio. Se quei sentimenti tanto dichiarati non sono autentici, la distanza li può azzerare. Una vecchia canzone di un autore famoso, scomparso da tempo, diceva così: "La lontananza è come il vento, spegne i fuochi piccoli ma accende quelli grandi". E allora vivano per sempre gli amori grandi a grande distanza.

3
La casa

Sul filo dell'alba, genitori e figlio si abbandonarono al sonno dei giusti, anzi dei ricchi. Spossati da ore di chiarimenti e forti emozioni, crollarono uno dopo l'altro sui lussuosi divani del salotto. Dormirono un giorno intero e solo alla sera ripresero il discorso. Rassegnati e contusi nell'animo, si misero di fronte al figlio e iniziarono a fare progetti.

«Ti ci vorrà una casa, lassù sui monti, dove andrai a seppellirci il cuore» disse la mamma.

«Se permetti te la regaliamo noi» disse il padre.

«Permetto» rispose il figlio, «ma voi permettete a me di progettarla come mi pare e piace.»

«D'accordo.»

Il ragazzo proseguì: «Deve essere tutta in legno, con grandi vetrate che la circondano, per avere sempre il sole».

«Non serve che la disegni tu» disse il babbo, «visto che hai fretta, basta andare a Brunico, da Rubner, troverai case di ogni tipo, dimensione, bellezza e forma. Tutte di legno. Tronchi alla canadese o assi quadrate, ciò che desideri Rubner te lo dà. Quelli sono specialisti, la montano in quattro e quattr'otto.»

«Non basta» ribatté il giovane, «deve essere una casa speciale, unica, di concezione ultramoderna, comoda e piena di comfort, lassù fa freddo.»

«I tecnici di Rubner la sanno lunga in materia di freddo» disse il babbo.

«Non basta ancora» replicò il figlio con molta supponenza. «Lo sapete che il mio desiderio assoluto è avere più sole possibile?»

«Lo sappiamo» disse la mamma dondolando la testa. Non andò oltre. Era donna intelligente. Riteneva che bisogna giudicare ogni azione, ogni scelta, solo per se stessa e non per le conseguenze che può arrecare. Gli effetti di scelte e azioni sono infiniti, uno trascina l'altro come il sale fa correre le capre. A quel punto, meglio non commentare né giudicare e affidarsi alla buona sorte. Accettare la decisione del figlio, sul quale avevano riposto speranze e progetti, era già un commento sufficiente. Non serviva altro se non augurarsi che si ravvedesse presto.

Il padre, invece, era già oltre, aveva superato in fretta lo choc della notizia e ora si concentrava sul progetto casa. Stava spesso in silenzio. Decidere di fare l'imprenditore nel ramo del marmo, e non nella piuma, nella gomma o nell'argilla, la dice lunga sul carattere di un uomo. Era un pezzo unico, lo voleva essere, resistente e duro come il materiale che trattava. Fin da giovane, a inizio carriera, rivelò le sue doti: esigente e inflessibile ma giusto. Se non era giunto alla felicità (uomini così difficilmente sono felici), aveva conquistato una certa tranquillità grazie ai soldi. E non è poco. Nel fondo remoto dell'anima aveva conservato pure una rude bontà, ma non era intelligente. Pragmatico e preciso, pratico e calcolatore, sì. Per questo aveva accumulato una fortuna. E, dal momento che non era intelligente, quando esercitava la sua bontà risultava maldestro. Un grande scrittore, a torto privato del Nobel da una squadra di manovratori, dichiarò questo: «La bontà, per essere perfetta, deve essere intelligente. Una persona buona ma non troppo intelligente può dire cose sgradevoli per gli altri. Per essere veramente buoni bisogna essere intelligenti, altrimenti la nostra bontà sarà imperfetta». Il padre ricco e potente del giovane ingegnere deteneva quindi una bontà imperfetta. Questa lacuna non da poco fu uno dei motivi che mossero la scelta del figlio. Che conservò la delicatezza di non rivelarlo mai al padre.

Mentre discutevano come doveva essere la baita in montagna, il giovane disse: «Voglio che ruoti su se stessa, la farò montare su un grosso perno d'acciaio e rotaie circolari. Mano a mano che il sole gira, la mia baita lo seguirà, come un cane segue il padrone».

La mamma, mentre armeggiava con la moka sussurrò: «Se ci sono vetrate tutt'attorno non serve che giri».

«Deve andare dietro al sole, i vetri non bastano, deve ruotare su se stessa e non perdere un raggio» così rispose il figlio. E poi disse: «Sarà programmata in modo che dopo il tramonto torni al posto iniziale per cogliere l'alba e il levar dell'astro. Si deve fare così».

E così fecero. Disegni alla mano, padre e figlio si recarono a Brunico a parlare coi tecnici della nota ditta di case in legno. L'ingegnere aveva buttato giù quattro schizzi, abbozzi indicativi di come avrebbe voluto la baita. Il resto era compito degli abili carpentieri di Rubner. Trovarono difficoltà sulla messa a punto dell'ingranaggio che doveva far ruotare la costruzione. Dopo qualche studio e aggiustamento, risolsero ogni intoppo. Il marchingegno era mosso dalla forza elettrica, fatta arrivare fin lassù da una nuova linea innalzata appositamente.

Essendo miliardario, il padre provvide a regalare al figlio una struttura come si deve. Di legno sì, e a mo' di baita, ma che nulla aveva da invidiare a certe lussuose ville d'alta quota, case vacanza di petrolieri e industriali, banchieri e notai. E altri riccastri d'eccezione. Tali costruzioni si potevano ammirare o invidiare, a seconda delle frustrazioni, un po' ovunque. A Zermatt, Davos, Cortina, Courmayeur e via dicendo. Occorre dire che anche la famiglia del futuro eremita aveva ville sparse qua e là per il mondo. Ma nessuna in luogo isolato, fuori portata da turisti e seccatori.

Siccome il figlio voleva tutto il possibile, la casa era stata quindi fasciata ai quattro lati da lunghe e alte vetrate di un cristallo doppio a prova d'urto. Sul tetto, ovviamente, vennero installati pannelli solari all'ultimo grido, mai visti fino ad allora. Imitavano le scandole di legno ed erano stati disegnati apposta dal ragazzo e fatti costruire da una famosa ditta. La quale, tanto per divagare un poco, comprò il brevetto dal giovane ingegnere e mise i pannelli immediatamente in produzione. Non è dato sapere quanto pagò il brevetto, ma pare una barca di soldi. Viene da dire che piove sempre sul bagnato, ma dobbiamo evitare le frasi fatte.

I pannelli solari sulla baita avevano un loro motivo d'esistere. Il giovane, non solo voleva godere il sole ma pure sfruttarne la forza. Metti che fosse mancata la corrente, chi avrebbe fatto girare la baita? E se fossa mancata d'estate, quando non accendeva il fuoco, con cosa avrebbe cucinato i pasti? Aveva le piastre elettriche, è vero, ma se non c'era elettricità rimanevano piani di marmo freddo. Così, i pannelli solari rappresentarono un'ulteriore sicurezza.

Lassù, a milleottocento metri, gli inverni erano piuttosto rigidi. Per questo nella casa vennero installate due grandi stube, costruite espressamente da Elio Dal Mas, specialista di Belluno. Quest'uomo assemblava stube senza pari, in refrattario e maiolica. Con un piccolo fascio di legna al giorno, scaldavano qualsiasi locale. Ma ancora il giovane non si fidava. Nel caso avesse avuto problemi con legna e corrente elettrica come avrebbe risolto la faccenda? Per evitare brutte sorprese, teneva una riserva di gasolio stipato in grossi serbatoi sotto terra. Ogni tanto faceva andare i termosifoni con quel combustibile per avere l'impianto lubrificato e pronto all'uso. Nel caso, piuttosto remoto, che i depositi di viveri e combustibili scarseggiassero, l'elicottero di papà, pilotato da un giovane in gamba, lo avrebbe tempestivamente rifornito. Di tutto e di più. A questo punto viene da obbiettare: "Così sono tutti buoni di vivere sui monti!". No. È più difficile resistere in simili regge che in una baracca di tronchi, con una stufa, qualche libro, un po' di pane e formaggio e un litro di vino. La casa ideale è quella in cui, stando seduti e allungando un braccio, si può afferrare tutto ciò che serve. E cosa serve? Quello appena detto: un libro, un po' di pane e formaggio, un litro di vino e i pezzi di legna per la stufa. E, quando si è stanchi di stare seduti, si piega la schiena trovandosi già nel letto.

Ma torniamo alla casa sui monti che è ciò che interessa. Non gli mancava nemmeno il telefono per emergenze o richieste urgenti. Anche per quel servizio fu tirata una linea nuova di zecca apposta per lui. Ancora non era apparsa la lunga mano del cellulare che ha afferrato il mondo per la gola strozzandolo. Arrivò subito dopo e l'ingegnere se ne impossessò immediatamente.

Appena tutto fu pronto, fece riempire un'intera stanza di libri. Letteratura classica e moderna dei più svariati autori. Gli inverni erano lunghi, occorreva impiegare il tempo. In un ampio salone, collocò il suo studio fornito di alcuni computer e accessori adeguati. Bisogna dire che, tra i molti libri accumulati, spiccavano in primo piano quelli di Giorgio Faletti e Fabio Volo. Durante la scelta, molto ragionata, escluse drasticamente Bruno Vespa e Mauro Corona. A una richiesta di chiarimento formulata dal padre, il figlio rispose: «Quelli non scrivono, abbaiano. E poi Corona mi sta sul cazzo, forse più di Bruno Vespa!». Il padre obbiettò che ce n'erano tanti di scrittori con voce canina, anche tra quelli da lui severamente selezionati. L'ingegnere liquidò la discussione con tre parole: «Questione di gusti».

Prima di fare il grande passo, fece riempire il locale di viveri e due frigoriferi di ottimi cibi. Prodotti di prim'ordine, scelti accuratamente in base ai consigli del prezioso libro del dottor Andrea Grieco. Questo testo, fondamentale per la salute, s'intitola *Vivere alcalini, vivere felici*, ed è un lungo e accurato sentiero di informazioni che conducono al benessere.

Nella baita-chalet extra lusso, il giovane fece installare un grande televisore all'ultimo grido, per tenersi, disse, informato sul veloce correre del mondo alla malora.

Alla fine, soddisfatto e curioso, andò di persona a rendersi conto com'era stato realizzato il suo ambizioso progetto. Era proprio una bella casa! Completamente in pino cembro, mandava odore di resina fino a trenta metri. Le grandi vetrate era come avessero mani lucenti e afferrassero la luce del sole per i biondi capelli e la tirassero dentro imperiose. E poi la distribuivano in ogni angolo come un contadino sparge sementi d'oro qua e là nel campo. Era molto importante per il ragazzo l'energia del sole. Patito dell'astro infuocato, lo riteneva, a ragione, origine e conservazione di ogni forma vivente sulla terra. E del buonumore degli uomini. Non disdegnava nemmeno il pallido lucore della luna, specie quando era piena e brillava solitaria dalla sua remota lontananza. Ma il sole era il sole, non si poteva mettere a confronto né paragonare a nient'altro.

Il giovane era così anche da bambino. Aveva manifestato presto l'attrazione fatale verso quella stella incandescente che partiva da lassù, ogni mattina, e in otto minuti arrivava sulla terra attraverso i suoi raggi. Veniva a scaldare i boschi e i paesi, gli uomini e gli animali, gli uccelli e le verdure delle campagne. Lo aveva imparato a scuola e dalla vecchia guida, e si era incuriosito. Per questo motivo, in seguito, studiò con grande profitto ingegneria delle fonti energetiche. Suo desiderio era sfruttare il sole ma, più di tutto, godere la presenza di luce e calore.

Mentre arrancava sul ripido sentiero che menava all'eremo di luce (c'era pure la carrozzabile), s'accorse che aveva dimenticato alcuni libri importanti. Libri letti dopo aver preso la drastica decisione, ma che voleva con sé ad ogni costo. Si trattava de *I grandi iniziati* di Édouard Schuré, in pratica una storia segreta delle religioni. E poi *Uomini soli* di Bernard Noséint. E ancora: *Eremiti* di Filippo Stoici e *Tana all'aria aperta* di Aarto Stombelsól. Testi alquanto difficili da trovare per non dire ostici da leggere, di conseguenza noiosi. Narravano vicende di uomini che avevano lasciato la frenesia del mondo per vivere da eremiti nei luoghi più isolati del pianeta. Il ragazzo voleva rileggerli, sapeva che molte cose non tornavano in quelle pagine. Secondo lui, quegli anacoreti non la contavano giusta. Compreso l'amato Henry David Thoreau, che abitava per modo di dire isolato, ma era a pochi metri dalla strada e riceveva continuamente amici e rompiscatole. Così recuperò quei testi e li mise assieme agli altri, ma ben in vista e subito rintracciabili.

Ancor giovane, si convinse che i libri potevano rendere felici. Adesso lo avrebbero aiutato a far correre le ore dei lunghi inverni solitari, le tiepide sere d'estate, le grigie giornate autunnali e le fresche mattine di primavera. I libri erano miracoli per i quali andava grato agli scrittori. Ancora non sapeva che lassù, tra le vette incontaminate, non avrebbe avuto tempo di leggere una riga. Ma si deve andare per ordine.

Il giovane rimase nella baita una notte, la prima di tante trascorse in solitudine. Quella fu il battesimo, l'iniziazione, dove capì quanto fosse bello e vicino al cielo quel posto remoto, isolato in mezzo alla natura. Vette acuminate di pietra candida circondavano i boschi come la collana di denti d'orso circonda il collo dei cacciatori esquimesi.

4

Il luogo

I destini, è ovvio, sono inattesi perché sconosciuti. Fino a quando accadono, rivelandosi. Allora tutto cambia. Fa riflettere che a volte basti un raggio di sole a mutarci l'intera esistenza. Come nel caso del fortunato ingegnere. Voleva pace e tranquillità cercando lassù quelle perle rare, senza sapere che per trovare una cosa bisogna fare a meno di cercarla. Le cose abitano dentro di noi. Non si deve cercare per poterle vedere, ma liberarle dal mucchio di ramaglie che le occulta. C'è già tutto, ma è coperto, come i fiori sotto le valanghe: quand'esse sciolgono i fianchi e scompaiono, a primavera, emergono le cose che nascondevano.

Lassù, nella terra del silenzio, si celavano sorprese. L'ingegnere non sapeva e nemmeno lo sospettava. Era una zona boscosa ricca di conifere a milleottocento metri d'altezza con una radura in centro. Una fascia di pini cembri secolari la circondava profumando i dintorni di resina. Esposta a meridione, perciò in pieno sole, offriva un clima generoso anche nella stagione cruda.

Il padre del ragazzo aveva comperato il terreno da un privato. Appena il figlio manifestò istinti di misantropo, si preparò al peggio. Il padrone del fondo conosceva le possibilità dell'imprenditore e sparò una cifra esagerata. Ma ci voleva ben altro per far desistere un miliardario. A dire il vero c'era stata una precedente trattativa con un proprietario di terre in quota ma, complice l'ottusa, sospettosa malafede di costui, nonché la vergognosa e vile ingerenza di una signora dalla voce stridula – rivelante totale assenza di intelligenza e soddisfazione sessuale –, l'affare andò a monte. Nemmeno il denaro la spunta sulla rozza vigliaccheria e la mancanza di parola di certe persone grette che, se si guardassero allo specchio, chiederebbero a se stessi danni morali. E pensare che la signora in questione era cugina della moglie del miliardario. Forse, quella povera infelice dalla voce miagolante, priva di godimenti erotici, agì per invidia, rivelando la meschinità del suo animo inacidito per assenza di orgasmi.

Ma torniamo alla storia che racconta l'ironia di un destino. Collegava la radura con il fondovalle un sentiero assai ripido, pieno di tornanti secchi e improvvisi come starnuti. Il padre del ragazzo scrutò molto perplesso quel tratturo impervio e ostile. Una faticaccia salire a trovare il figlio! Mille metri il dislivello, alcuni chilometri di sviluppo. Certo, poteva contare sull'elicottero personale, ma non era semplice attivare il mezzo ogni volta e solo per pochi minuti di volo. Allora, l'uomo del marmo, dei soldi, e di conseguenza del potere, comprò altri terreni e li fece sbudellare per aprirvi una strada fino al luogo dove sarebbe sorta la baita.

Non è dato sapere come riuscì, in poco tempo, a terminare tutto. A volte, la realtà nuda e cruda si manifesta indecifrabile come un mistero. Senza porci troppe domande, bisogna accettarla com'è. Ma, se proprio si vuole indagare, non ci vuol molto a intuire perché l'imprenditore otteneva sempre ciò che voleva.

La nuova carrozzabile, ovviamente, era privata. Lo dicevano numerosi cartelli col divieto d'accesso, nonché una solida sbarra munita di lucchetto. La radura si rivelò un paradiso sulla terra. Forse addirittura meglio: visto che nessuno è tornato a dirci com'è quello vero, i paradisi sono quaggiù, sulla nostra vecchia amata terra. Uno era quella radura.

Abeti, larici e pini cembri s'abbarbicavano fino ai piedi delle rocce acuminate che s'innalzavano alte e sottili, aghi di pietra a rattoppare il cielo. Come una sciarpa verde, il pino mugo avvolgeva le zone prive di conifere rendendo tutto uniforme. Ma d'autunno, quando il bosco metteva i colori, dal verde compatto dei mughi, un larice balzava improvviso come uno zampillo di fuoco. Verso oriente, poi, un crollo millenario aveva sparso qua e là centinaia di enormi macigni. Immensi e cupi nel loro silenzio, stavano lì, alti come palazzi, larghi da ballarci sopra, grigi come la disperazione. Tra quel labirinto di pietre morte, giocavano a rincorrersi i camosci lasciando, sull'erba corta e dura, il solco dei loro andirivieni. Ogni tanto, con balzi precisi, uno montava sul blocco e da lassù, come una vedetta sospettosa, guardava la valle lontana.

Tutt'intorno, da oriente a occidente, spiccavano rocce impervie, alcune alte e possenti, molte sottili e affilate, inquietanti come falci sospese sulla testa. Altre erano scabre e ossute come un corpo magro. Tutte evaporavano nell'azzurro di nebbiose lontananze diventando remote e misteriose, pur trovandosi a portata di mano. In un punto della radura, da sotto un larice contorto dagli spasimi, sbucava un ruscello d'acqua fresca. Dire fresca non basta, era impossibile berne due sorsi senza ghiacciarsi i denti. D'estate, invece, a detta dei bracconieri, si faceva tenera e bevibile come se qualche spirito dei boschi l'avesse intiepidita. Poco sotto, il ruscello si lasciava cadere in un salto di trenta metri. D'inverno diventava una cascata di ghiaccio azzurro, compatto e sonante come un blocco di marmo. Nei mesi freddi il ruscello non correva più. Ma bastava appoggiare l'orecchio per udire la voce dell'acqua provenire dalle viscere del ghiaccio come da un mondo lontano: congelandosi, s'era addormentata nella tana di cristallo, in letargo, come una marmotta anche se, con un po' d'attenzione, si poteva udire il suo russare sgocciolante come un pianto silenzioso.

In aprile e maggio, nella radura cantavano i galli forcelli impegnandosi nelle battaglie d'amore. I vecchi dicevano che, dove cantano il forcello e l'urogallo, quello è il posto più puro e magico del bosco. Molto tempo fa si studiava il percorso delle valanghe e una volta individuati i luoghi sicuri si costruivano baite, stalle e villaggi. Questo era uno dei tanti modi per capire la natura. Ma anche dove gli animali si uniscono per fare l'amore, è da fermarsi. Lassù, dove l'ingegnere avrebbe messo dimora cantavano i forcelli. Ma non solo, tutti gli uccelli del bosco si radunavano là intorno a dire la loro coi becchi spalancati.

Tra i grandi blocchi sparsi ovunque, ve n'era uno enorme con un lato a strapiombo. L'ingegnere scoprì che là sotto si rifugiava un suo vecchio amico, ormai morto da tempo. Era un bracconiere, forte alpinista, taciturno e solitario. Si rintanava là durante le battute di caccia e nei maggiori momenti di malinconia e sconforto. Il giovane ingegnere non sapeva niente di quel luogo, solo quando andò lassù a fare ispezioni per la baita lo scoprì. Notò il nome del suo amico scritto con un tizzone spento sotto la volta del macigno. Al centro del terreno vi era traccia evidente di un focolare dove si scaldava e cuoceva la polenta. Sulla parete di fondo, accanto al suo nome, il bracconiere-alpinista aveva aggiunto quello di una donna. Una donna misteriosa che nessuno aveva mai conosciuto né visto in paese. Di sicuro si incontravano lassù, in segreto, all'ombra dei picchi rocciosi, nella discrezione affettuosa di quel masso protettivo. Ma di questo il giovane era completamente all'oscuro. Mai l'amico gli aveva parlato di un amore o accennato a quella donna. Valutò la scoperta come un segno positivo, un regalo del vecchio amico. Di sicuro, circolava là intorno con la sua bella. Assieme, come spiriti dell'aria, gli avrebbero tenuto compagnia nei lunghi anni di solitudine che lo attendevano.

Il programmato ritiro non sarebbe stato facile, lo sapeva. Ma occorre dire, da ogni parte ci si spostasse, quel posto infondeva una pace che faceva ben sperare. La pace, o la serenità, sono uccellini che abitano dentro di noi. Per vivere, hanno bisogno di uscire, trovare l'albero giusto dove posarsi e fare il nido. La radura era il luogo perfetto. Sotto quei monti illuminati dalla luna, scaldati dal sole, lavati dalla pioggia e asciugati dal vento, sentiva che sarebbe stato bene. Più ancora, che avrebbe resistito. Di quelle punte rocciose ce n'era una infinità. Tutte belle e aguzze, e circondavano la radura come mandorle attorno alla torta.

A occidente del luogo prescelto, dove il bosco affondava i piedi in una stretta valle, partivano verdi pascoli che salivano fino alle pendici delle montagne. Erano prati un tempo rabbrividiti dalla falce, solcati da numerosi ruscelli e rivoli d'acqua che correvano senza rumore nelle rigole a fil di terra. Lucenti e puri come trecce d'argento, guizzavano qua e là sotto i colpi del sole, aspettando gli animali che volevano bere.

Dal punto dove è sorta la baita, i picchi scintillanti s'innalzavano poco sopra, cinque-seicento metri in linea d'aria. Stare seduti anche solo mezz'ora su un vecchio ceppo coperto di licheni, in quella radura magica e rilassante, è un premio che tutti, almeno una volta, dovrebbero ricevere. Volgendo lo sguardo a meridione, verso il lontano orizzonte, si intuivano città e paesi, strade e pianure assolate nei mesi d'estate. Quando l'autunno apriva la porta per entrare, tutto laggiù veniva meno: quel mondo sconosciuto spariva tra le nebbie che fasciavano misteri e lontananze con drappi lattiginosi. Allora, chi anche solo per un attimo aveva scrutato quei vuoti così distanti, tornava con gli occhi alla radura, per rifarsi l'anima. Quel luogo incantato infondeva speranza a beneficio del cuore.

Lassù il sole sorgeva tra gli arditi picchi orientali. Faceva una lunga giravolta sotto l'arco del cielo per andare a nascondersi a occidente, dietro una torre giallastra dall'aspetto arcigno.

Il ragazzo amava in modo particolare l'astro d'oro, di conseguenza lo aveva studiato. Scoprendo che non sorgeva affatto sempre a est, né tramontava sempre a ovest. Ogni giorno che passa, sorge un po' più a nord con uno scarto che, in piena estate, arriva fino a quaranta gradi. Nel periodo invernale si leva, invece, un po' più a sud. Ma sono spostamenti impercettibili che a nessuno interessano. La gente ama il sole per quello che è, bellezza e calore, non per i vagabondaggi che si concede. E così pure il ragazzo. Aveva intrapreso qualche studio per curiosità, uno sfizio per informarsi, ma tutto finiva lì. Soprattutto, nulla aveva a che fare col suo ritiro sui monti se non il fatto che lassù il sole durava più a lungo. Siccome amava il calore e la presenza di quella palla di fuoco, voleva saperne di più. Tutto qui. Per il resto, seguitava a vivere la sua vita senza peraltro capirla fino in fondo. Nell'attesa di scappare in alto dove, a suo dire, "stazionavano meno cretini".

In merito al luogo deputato al ritiro, c'è da dire un'ultima cosa. Durante le ispezioni nei dintorni, il giovane aveva scoperto i ruderi di un'antica dimora, tracce di una casupola coperta da arbusti e ortiche. La visione lo rallegrò. Era segno che qualcun altro nei secoli passati si era appartato lassù, forse per fuggire anche lui dalle fauci del mondo. Chissà dov'era quel qualcuno, si chiedeva il giovane, e com'era finito. Di sicuro avrà goduto appieno la compagnia della natura, dei monti a sentinella e dei numerosi animali che giravano là intorno. Di certo non si sarà sentito solo, il remoto abitatore di quei ruderi: c'erano camosci, cervi, caprioli, galli forcelli, cedroni, pernici, lepri, volpi, martore, aquile. Si potrebbe andare avanti ma aggiungiamo soltanto stambecchi, francolini e coturnici. Neanche lui, quindi, si sarebbe sentito solo. Queste riflessioni rallegravano l'ingegnere che, in ogni caso, avrebbe avuto sufficiente e buona compagnia. Vivere sotto i picchi rocciosi, sotto la luna, sotto il viaggio del sole, sotto lo sguardo misterioso degli animali, era un gran bel regalo. Poteva bastare ad accontentarsi. Invece non bastò né si accontentò. Ma dobbiamo procedere per ordine.

5
Il primo anno

Una volta che tutto fu pronto e a posto, il giovane ingegnere si preparò alla partenza. Salutò, uno per uno, tutti. Amici, parenti, ex fidanzate e le persone che riteneva dover salutare. Certo, non spariva per sempre, è ovvio, ma la sua scelta inquietava un po' tutti. E glielo dissero. Li tranquillizzò assicurandoli che ogni tanto sarebbe tornato a valle. Per rivederli, respirare un po' di gente, sentire le novità. Il primo balzo sarebbe servito da rodaggio. Poi, dopo un periodo di isolamento, avrebbe valutato le sue reazioni e saputo comportarsi. Di conseguenza niente paura. Così pensava.

Al liceo aveva letto Baudelaire il quale disse che il vero eroe è chi si diverte da solo. Viene da dire in tutti i sensi. Con quella scelta voleva certamente divertirsi da solo, ma innanzitutto provare a resistere. Chissà che prima o dopo non fosse apparso pure il divertimento. Il tempo gli avrebbe suggerito cosa fare. Se calare giù ogni tanto a curiosare o rimanere sui monti per sempre. Come un evaso dalla società, che vuole evitare l'arresto per non entrare di nuovo nel carcere della folla frenetica, si sarebbe fermato lassù. Oppure, dopo aver scontato la reclusione volontaria nella radura, la stanchezza gli avrebbe spalancato i portoni del carcere all'aria libera. A quel punto, sarebbe tornato in mezzo alla società tecnologica e sfrenata.

Come fece il suo amato mentore, Henry David Thoreau, centocinquant'anni prima. Costui era riuscito a vivere due anni, due mesi e diciassette giorni in una capanna di tronchi sulle rive del lago Walden. Poi la città se lo riprese, ma non riuscì a farlo impazzire. Morì ancor giovane, a quarantacinque anni. Di quella esperienza lasciò testimonianza in un libro. Anche l'ingegnere aveva intenzione di tenere un diario degli anni trascorsi lassù. Un resoconto preciso e spietato fino alla morte. S'era portato appresso quaderni e matite, nonché due computer. Insomma, non gli mancava niente. Voleva fuggire la società tecnologica ed era più tecnologico lui lassù che molti esseri umani nelle città. Ma bisogna dire che si fermò lì, non accessoriò ulteriormente la sofisticata reggia sui monti. E così un bel mattino, ma bello davvero, di fine maggio, salutò i genitori e partì verso il nulla. Destinazione: isolamento ad alta quota.

«Intanto vado a provare» disse a papà e mamma. «Nel caso non ce la faccia, ci rivedremo un giorno. Nel caso mi sia facile resistere, verrete voi a trovarmi.»

La mamma disse: «Anche se resisti, puoi sempre scendere a farci un saluto ogni tanto».

«Vedremo» rispose.

Li abbracciò e partì. Decise di salire a piedi, nonostante la carrozzabile già pronta e l'elicottero del padre, pilotato dal giovane in gamba del quale abbiamo già parlato. Arrivò alla baita verso mezzogiorno. Posò lo zaino, aprì la porta ed entrò. La casa sapeva di nuovo e di chiuso. Uscì e si sedette su una delle panche di larice scolpite apposta da un abile artigiano. Servivano per riposo e meditazione.

Era una giornata limpida, sul finire di maggio. Il sole stava alto nel cielo, tutt'intorno cantavano gli uccelli. Il ruscello mandava la sua nenia di gorgoglio lungo il corso scavato tra i sassi. Si interrompeva un attimo, il tempo di entrare nella vasca che dava acqua alla casa. Poco sotto riprendeva voce e andava giù, fino a perdersi nel fondovalle.

Il giovane era frastornato. Lo assalivano dubbi, paure, incertezze. Per un istante sentì prepotente la voglia di chiudere la porta e tornare in paese. Quel pensiero lo inorridì e dopo lo irritò. Sarebbe stato disastro, fallimento, sconfitta. Cose da non supporre nemmeno per scherzo. Capì che ci volevano coraggio, pazienza e determinazione per non assecondare l'impulso a fuggire. Lo allontanò tale impulso prendendo la sfida a piccole dosi. "Intanto sto qui una settimana" disse tra sé, "e poi un'altra e altre ancora, per vedere come reagisco." Il coraggio da solo non basta a vincere. Va accompagnato a costanza, insistenza, ostinazione, tenacia, pazienza, sacrificio, fortuna. Cose che alla lunga corrodono, estenuano. Il vero coraggio lo si vede con la distanza, nella tenuta, ed è continuamente minacciato dalla lima del tempo.

È più facile lanciarsi su un ladro che scippa una vecchietta che resistere in un posto isolato fino al termine dei giorni. Specie se lo si decide a trent'anni. Questi i tormenti che inquietavano il giovane. Come diavoli tentatori, nella mente si presentavano le cose belle che avevano accompagnato la sua vita. Serate con amici, feste, automobili, donne, cene. Luoghi esclusivi di villeggiatura, una barca a Montecarlo, nottate al casinò. Ma come? Non era per allontanarsi proprio da quelle cose che aveva deciso l'isolamento? Mah! Ora tentennava. Quando optò per la scelta draconiana, pensava fosse più facile rimanere solo per lungo tempo in un posto isolato. E adesso, dopo neanche un'ora, era già stufo! Davanti a lui s'apriva un baratro d'insicurezza e fallimento. "Perché l'ho fatto?" si chiedeva. Lo sapeva benissimo perché lo aveva fatto. Non serviva ripercorrere i motivi del suo gesto. Ma ora, nonostante i validissimi motivi, la sua fermezza vacillava. Non fosse per lo smisurato orgoglio, peraltro ereditato dal padre, sarebbe tornato immediatamente nella società tanto disprezzata.

Entrò in una brutale crisi di confusione, dalla quale uscì solo grazie al canto improvviso di un cuculo calato dietro casa. Quella voce lo rallegrò, ridandogli buonumore e fiducia. Cercava il posto giusto e lo aveva trovato, forse non sapeva quel che cercava dentro di sé. Rimase in ascolto finché una poiana spaventò il cuculo che smise di cantare e s'involò. Allora il giovane si concentrò sul paesaggio che s'apriva intorno a lui: fu come lo notasse per la prima volta. Provò meraviglia e timore. Forse era davvero nel posto giusto, forse aveva operato davvero la scelta della vita. Voltando le spalle alla società, si era ribellato, aveva detto "no". Ricordò una frase di Camus che diceva: "Cos'è un ribelle? Un uomo che dice 'no'". E poi una di Chamfort: "Quasi tutti gli uomini sono schiavi perché non osano pronunciare la parola 'no'". Pensò che ognuno ha diritto di provare strade diverse, di sbagliare. Di osare cose che non stanno né in cielo né in terra, creandosi così l'occasione per mettere alla prova la propria umanità. Questo pensò. Ed era lassù, seduto davanti alla baita, in attesa di recuperare entusiasmo e forza.

Quando le ombre della sera calarono sul bosco, rientrò a prender possesso della sua nuova reggia. Passò una notte tribolata tra pensieri cupi e momenti di esaltazione. Decise di fare lunghe camminate, letture, riflessioni e, soprattutto, pensò che avrebbe voluto scrivere. Tutti ottimi sistemi per ingannare il tempo. Quando era giù in paese, aveva redatto un meticoloso programma di ciò che doveva e non doveva fare. Si era altresì procurato numerose sgorbie, di ogni forma e dimensione. Lassù, circondato da millenari pini cembri, poteva pure tentare la scultura. Perché no? Ricordava ogni tanto la vecchia guida cui suo padre lo affidava. Quell'uomo, taciturno e mite, era anche un bravo scultore. Quando non si impegnava a portare gente su e giù per i monti, intagliava nel legno camosci, caprioli, forcelli e cedroni. Per apprendere i primi rudimenti di quell'arte, tra i libri portati alla baita, il ragazzo ne aveva inserito uno molto importante in cui era raffigurata tutta l'opera lignea del grande scultore Augusto Murer, nato a Falcade nel 1922. L'ingegnere intuiva che sarebbe stata dura resistere lassù. E così, consigliato dal buon senso, correva ai ripari programmando un impegno giornaliero e soprattutto costante. In questo modo voleva sottrarsi al bacio della noia che di sicuro, prima o dopo, lo avrebbe condotto all'altare. Oppure al suo laccio, che lo avrebbe strozzato.

La mattina si svegliò col sole e ne fu entusiasta. Alla fine, era andato lì per quello. Sentì il sole ferirgli gli occhi entrando dalla finestra, perché in quella baita le tendine erano bandite. Aveva sempre brontolato con la mamma che nascondeva tutto con quegli odiosi stracci di pizzo chiamati tendine. Anche nelle ville in montagna. Lui no, voleva vedere fuori: il sole, la luna che passava per un saluto, gli alberi che si piegavano sotto il vento e le foglie che volavano. Attorno alla baita, un coro di uccelli gli dava il buongiorno. Il suo amato sole forava una spessa barba di nuvole lanciando i raggi sulla terra come fili d'oro sui quali si posavano rondini di nebbia a trillare. «Finalmente» disse il giovane stropicciandosi gli occhi «posso godermi il sole in pace, senza rumori né gente intorno.» Questa ipotesi lo rallegrò parecchio.

Fece colazione all'aperto, su una delle panche di larice e sul tavolo ricavato dal ceppo di un enorme abete. Per tutto il giorno oziò davanti la casa, spostandosi ogni tanto per sgranchirsi le gambe. Lesse, pensò, dormì e sognò il paradiso. Tutto sotto la carezza del sole di maggio che si era sbarazzato presto delle nubi del mattino e ora splendeva nel cielo come un regalo benedetto. «Grazie, Dio» sussurrò il giovane. Poi, a voce alta, proseguì: «Male che vada, questa giornata non me la toglie nessuno».

E così, tra dubbi e momenti di esaltazione, un giorno dopo l'altro passò una settimana. Scoprì che fintanto che c'era il sole, le cose filavano a meraviglia. La crisi arrivava alla sera, quando l'astro salutava tutti e andava a nanna. A quell'ora il giovane precipitava nel pozzo violaceo della tristezza. A poco serviva leggere, guardare la TV, indaffararsi attorno al cibo o altri passatempi. La malinconia lo circondava come i boschi circondavano la baita e non serviva a nulla tagliare qualche albero con l'accetta dell'impegno. Il bosco era fitto, dentro e fuori di lui. Ma più tardi, quando la notte inghiottiva la baita e i gufi attaccavano le nenie, la dolcezza del luogo gli apriva nuovamente l'anima. La respirava e poi tratteneva il fiato, per farla rimanere dentro. Con quella dolcezza s'addormentava come dopo aver bevuto un infuso.

Trascorsa la prima settimana, scese a salutare i genitori, dar loro notizie, valutare le reazioni. Dopo un solo giorno tornò su di corsa. Nonostante il breve distacco, già provava nostalgia di quel magico posto isolato dal mondo. A quel punto capì che ce l'avrebbe fatta. Ma doveva trovare ancora certezze. Soprattutto stabilità. Quando era lassù provava nostalgia del giù, quando era giù sentiva l'attrazione del lassù. Un bel dilemma.

Saputo che si trovava dai genitori, l'ex fidanzata si palesò per tentare un riaggancio e andare a vivere con lui. Il giovane disse un "no" implacabile accompagnando la parola con un gelido saluto. Niente polenta abbrustolita. Tra le coppie l'armonia non dura, nemmeno la pace, tanto valeva tagliare i ponti. Per sempre. Se uno vive solo, baruffa da solo, al massimo con i suoi fantasmi. Se vive con una donna, baruffa ancora con i suoi fantasmi, con la donna e i fantasmi di lei. Troppa gente nelle dispute. Così pensò.

Per farla breve, tra alti e bassi, rimase lassù un anno intero. Non scese nemmeno a Pasqua o Natale o Ferragosto. Men che meno nelle feste comandate. Ogni tanto calava nei giorni feriali per tranquillizzare i genitori. Nient'altro. Durante quell'anno difficile, subì varie crisi di rigetto. Tre volte fu sul punto di cedere e mollare tutto. Resistette grazie ad alcuni buoni motivi: capitavano, infatti, certi momenti nella giornata, o nelle notti, in cui davvero credeva di trovarsi in paradiso. Quei magici, incredibili momenti, valevano talmente la pena che era disposto a piangere pur di non mollare. E a volte pianse. Ma forse non era solamente il forzato ritiro a farlo commuovere.

Intanto aveva iniziato a scrivere. Sul primo quaderno, alla

pagina uno, vergò questo motto: "Piangere e Resistere – Tribolare e non mollare – Pazientare e non sperare – Lavorare e contemplare". Poi, saltate quattro righe, aveva aggiunto: "Aspettare con stupore".

L'estate fu un tripudio di giornate meravigliose, con sinfonie d'uccelli, il sole a piombo nel cielo e qualche temporale della sera a rinfrescare l'aria. Faceva lunghe camminate e saliva le vette arrampicandosi senza corde né altri aggeggi. Poi arrivò l'autunno e l'ingegnere scoprì i colori. Li ricordava, certo. Li aveva visti tante volte con la vecchia guida quando in auto si recava in montagna nelle ville di famiglia. Cortina, Courmayeur, Corvara, Erto. Sfrecciando in ottobre sui passi dolomitici in automobile, si incontrano i colori dell'autunno. Ma corrono via. Un tornante dopo l'altro e sono già dietro di noi. Lassù invece, solo con se stesso, circondato da boschi, picchi rocciosi e canti d'uccelli, era un'altra faccenda. I colori stavano fermi. Se li toccava, gli cadevano addosso. Se li carezzava il vento, cantavano, prima di cadergli addosso. Ora se ne rendeva conto.

Mano a mano che scorreva il tempo, le tinte delle foglie variavano, diventando sempre più intense. Finalmente, raggiunto un vertice di eclatante sfacciataggine, i colori facevano marcia indietro. Perdevano forza, sbiadivano, si consumavano nel nulla, finendo sul terreno in un solo grande mucchio. L'orologio del tempo indicava il trascorrere dei giorni nelle svariate metamorfosi dei colori. E poi venivano il vento e le piogge di novembre a strappare quelle foglie impallidite. Il sole tramontava sempre più in fretta.

Quando le foglie furono tutte in terra e gli alberi spogli tendevano le braccia scheletrite come ombrelli senza tela, arrivò l'inverno. E con lui freddo, neve e silenzio. Il giovane ebbe un altro forte sbandamento. Le giornate erano brevi e gelide, seguite da notti interminabili dentro le quali, come in un carcere senza luce, udiva gli animali piangere di fame e malinconia. I giorni passavano veloci, mentre le sere mettevano inquietudine. L'ingegnere accendeva il caminetto, per maggior sicurezza pure i caloriferi.

Leggeva, pensava e scriveva. Ovvero, tentava di scrivere. Lassù, nel cuore dell'inverno, le emozioni erano così potenti che gli riusciva difficile metterle sulla carta. Era arduo descrivere ciò che sentiva, un qualcosa di mai provato. Ma, per quanti sforzi facesse, non indovinava un insieme di parole degno di renderne l'effetto. Però ci provava, insisteva, elaborava. Gli doleva che il sole fosse tanto debole e lontano. Ma come dirlo? Nei giorni di bel tempo, lo vedeva levarsi sempre più basso, come uscisse carponi da una tana. E tramontare ancora più basso, dietro un picco di roccia biancastra che al suo tocco si faceva rosa. Perché? Non lo sapeva.

Un pomeriggio che faceva meno freddo, sedette fuori casa per godersi un tramonto di gennaio. La parabola del sole lo attirava, lo faceva riflettere. L'arco d'oro gli procurava pensieri tristi. "Il sole nasce e tramonta ogni giorno, non così la vita" pensava. Quando l'astro spirava dietro il monte, un attimo prima, il giovane s'alzava in piedi e faceva un segno di croce. Sempre, da quando era lassù. Pure quella sera. Spiò quasi torvo quel monolite di pietra che si permetteva afferrare il sole per la giacca, tirarlo dietro la porta e farlo sparire. Pensò: "C'è sempre qualcuno che deve mettere i bastoni tra le ruote. Anche in natura".

«Se non ci fosse quel cazzo di monte, avrei un'ora di sole

in più» disse forte. Non finì la frase e gli tornò in mente un giorno lontano, assieme alla vecchia guida, sui monti di Braies. Stavano davanti a un rifugio, quel giorno, quando il sole sfumò dietro un alto becco di roccia. Lui, ragazzino, disse alla vecchia guida: «Che peccato, il mio amico non c'è più. Se non c'era quella montagna, sarebbe ancora qui». Mentre visitava con la mente quei ricordi lontani, ancora non sapeva che stava firmando la sua condanna. Una condanna che sarebbe durata quarant'anni...

Durante quel favoloso inverno, il giovane lesse molto. Era un lettore anche prima ma, impegnato a vivere alla grande, non quanto avrebbe voluto. Lassù, nel regno del silenzio, chiuso nella baita-chalet, tempo ne avanzava per leggere. Tutto quello che aveva trascurato ora lo aveva sottomano. Ripassava Pessoa per tenere a mente le fulminanti intuizioni. Lo aiutavano a compiere meno errori, perdere meno tempo. "La vita è una seccatura trascorsa senza rendersene conto, una cosa triste con qualche intervallo di allegria" così ammoniva il poeta portoghese. Ecco, il giovane voleva proprio prolungare quegli intervalli allegri. Anche per questo si era rifugiato lassù. Per abbandonare, novello San Francesco, gloria, ricchezza e amore.

Il maestro Pessoa insegnava: "La ricchezza è un metallo, la gloria un'eco, l'amore un'ombra". Questo diceva. E ancora: "Possedere significa essere posseduto e dunque perdersi". Era un ragazzo sensibile, l'ingegnere, mal sopportava volgarità e maleducazione che imperavano ovunque. Allora, ogni tanto, rileggeva Pessoa per coglierne le dritte, stare in guardia, ricevere forza e determinazione. "Il mondo è di chi non sente" ammoniva il poeta. "La condizione essenziale per essere un uomo pratico è l'assenza di sensibilità." Ecco, anche per evitare di perdere la sua sensibilità era finito lassù. Prima della drastica scelta, aveva stilato conti e bilanci, valutando pro e contro. Per come era fatto lui, gli conveniva fuggire, era la scelta giusta. Il primo anno di isolamento gli dette ragione.

In seguito però si aspettava qualcosa di meglio, non era stato facile lassù. Ma, riflettendo, non ci sperava molto. Ricordava le pagine del maestro: «Aspettare il meglio significa prepararsi a perderlo: questa è la verità. Il pessimismo è forte, è fonte di energia». Lui non era del tutto pessimista.

Nonostante le difficoltà del primo anno, in seguito si aspettava di meglio. Per il tempo a venire, si sarebbe organizzato alla grande. Insomma, stava per dare consistenza e forza al suo programma, ma intervenne qualcosa di imprevisto. Non aveva fatto i conti con l'infanzia, la quale si risvegliò improvvisa e brutale. L'infanzia, e la responsabile complicità dei genitori, gli avevano fatto credere che coi soldi si può ottenere tutto. Lussi, comodità, convenienze, favori, dopo un'attenta valutazione vanno comprati a suon di banconote. Per chi ne ha possibilità è così. Per gli altri, e sono la maggioranza, non lo è. Alla baita solitaria, durante il primo anno di ritiro, non aveva comprato nulla con i soldi, eppure riceveva tutto.

Ogni stagione elargiva i suoi doni. A marzo i cervi gli regalavano i corni, che trovava qua e là, sparsi nel bosco. E poi mirtilli, fragole, lamponi, funghi. Acqua buona, gemme di pino mugo per gli infusi. Pezzi di cirmolo millenari da scolpire, legna, musica. Gli uccelli tenevano sinfonie da rimanere incantati. E poi cinema di prima visione, in diretta. Assisteva ad alcune scene mozzafiato: aquile che ghermivano prede, camosci e cervi che si picchiavano, forcelli in battaglia, volpi fuggitive, martore in caccia, saette che squarciavano larici. Tutto gratis. Nessuno gli aveva mai chiesto niente per quei doni. La natura non è un venditore di Rolex o di Ferrari. La natura regala. Ma gli uomini non si meritano certe fortune. Nemmeno le vedono. Preferiscono il Rolex. O la Ferrari.

Di questo e altro rifletteva: "Tutta colpa del sole" pensò cercando di motivare le sue crisi invernali, "quel sole che ho sempre amato". Eppure aveva dato retta al maestro Pessoa! Il quale, da una pagina, ammoniva: "Siediti al sole. Abdica e sii re di te stesso". Lui lo aveva fatto, aveva abdicato, ma non era stato sufficiente. Perché? Durante il suo ritiro sentiva che qualcosa lo disturbava. Forse stava dimenticando la lezione del maestro che, da un'altra pagina, avvertiva: "La filosofia reale dell'eremita sta piuttosto nel sottrarsi a essere ostile anziché in qualche riflessione sulla scelta di isolarsi". Ecco la verità. A lui qualcosa gli era andato di traverso, stava diventando ostile. Ma non aveva ancora capito del tutto cos'era. Eppure durante quel favoloso anno seguì attentamente l'andare dei giorni e delle stagioni annotando ogni minimo particolare: quando nasceva il sole, dove andava a dormire, a che ora. Riportava su un quaderno dettagli e mosse della natura per confrontarli con quelli dell'anno a venire. Voleva capire se erano in atto cambiamenti rilevanti e di che tipo. Segnava i giorni di pioggia e quelli di bel tempo per studiare le annate umide e quelle secche.

Fece tutto questo nell'arco del primo anno. Non immaginava che, nei seguenti, gli sarebbe rimasto così poco tempo da non segnare alcunché.

S'avviava intanto alla seconda primavera e il sole faticava a rimanergli accanto.

A est, rocce arcigne lo trattenevano mentre sorgeva e a ovest porte di pietra lo facevano sparire al tramonto. L'ingegnere guardava quei bitorzoli strampalati, quei campanili e quelle guglie slanciate con molto disappunto. Accidenti a loro, perché dovevano trovarsi proprio lì? Si chiedeva questo, il ragazzo. Se non ci fossero state quelle rocce, avrebbe avuto sempre sole intorno, come se un vecchio contadino spargesse i raggi per far crescere il buonumore. Si divertiva, così, a fare congetture di smantellamento. Ma si ricordò subito le parole della vecchia guida che lo portava per monti da bambino: «Le montagne» ammoniva «stanno semplicemente al loro posto... Nessuno deve alzare le mani sulle montagne per ferirle».

"Parole" pensò il giovane. "Uno ha da star bene in questa vita. Per riuscirci deve osare, far cose che nessuno ha mai pensato prima. Non c'è un'altra occasione, abbiamo un solo tempo a disposizione, bisogna spenderlo al meglio." Per lui, "meglio" significava ottenere quel che voleva. A qualsiasi costo e qualsivoglia mezzo.

6

La decisione

Una sera, sempre di maggio, come l'anno prima, seduto sulla panca davanti la baita, continuava a essere ossessionato dal fatto che il sole inciampava nella guglia di roccia e spariva prima del dovuto. Il ragazzo si infastidì. Chiuse il libro che stava leggendo (*In alto a sinistra* di Erri De Luca), entrò in casa per non uscirne fino l'indomani.

Quella notte non dormì. Si scatenò un temporale che tintinnavano i vetri in tutta la casa e foschi pensieri agitarono la mente dell'uomo. Il brutto tempo, il brutto umore e la solitudine danno origine a cattivi pensieri. Certi momenti particolari fanno credere di avere la verità in mano, unica, non sostituibile con altre. Fanno operare scelte insensate, senza ritorno. Occorre esser tagliati per l'isolamento o si rischia di andar via di testa con la testa a posto.

Dopo accurate valutazioni e riflessioni, caldeggiate da nessun tentennamento, il giovane fece la scelta della vita: decise che avrebbe smantellato quel maledetto picco roccioso che sottraeva il sole anzitempo. In barba alle sagge parole della vecchia guida, lui, ingegnere ricco, bello e fortunato, avrebbe tolto di mezzo il guastafeste di pietra. Così avrebbe goduto la compagnia e il tepore del suo amico almeno un'ora in più.

Detto fatto, il giorno dopo calò a valle e si mise all'opera. Tramite il padre, uomo potente e terribile, con le mani in pasta dappertutto e soprattutto in combutta con politici nefasti, ottenne i permessi necessari. D'altronde, che ci voleva? Abituato a smantellare montagne di marmo, i canali giusti li conosceva bene per avere i nulla osta. Se incontrava difficoltà, bastava aprire il portafogli. Sapeva da tempo che gli uomini sono acquistabili. È solo questione di cifra.

Una volta trovò un tizio che non voleva vendere la sua casa. Detta casa si trovava sotto la linea di scarico delle mine in una nuova cava che il potente doveva aprire. Perciò andava demolita. Nella casupola, quel tizio viveva con l'anziana madre. Ricevette offerte su offerte dal re del marmo. Niente! «Io la mia casa non la vendo» ribatteva tosto, «men che meno a lei che mi sta sui coglioni.» Seccato, l'imprenditore sparò una cifra che di case l'omino poteva farsene dieci. A quel punto disse: «Te la vendo con la mamma compresa».

Ecco com'è. Non fu quindi difficile per il giovane ottenere il via. Organizzò una squadra di disperati, gente senza lavoro, incattiviti dal bisogno quindi disposti a tutto. Li pagava poco e niente ed erano bulldozer. La gente inferocita, per qualsiasi motivo, è la più adatta a demolire. Un arrabbiato non lo puoi mettere a coltivare fiori ma a spaccare muri, abbattere case, alberi. Il giovane ottenne dal padre i macchinari atti alla bisogna: ruspe, escavatori, gru, camion eccetera. Ingaggiò gli operatori di tali mostri, nonché specialisti di mine e perforazioni. Alla fine partì.

Per arrivare al picco fu necessario aprire una strada e, per farlo, sbudellare un lungo tratto di splendido bosco. La squadra, nominata scherzosamente "nemici dei nemici del sole", iniziò a rosicchiare il monolite a giugno, quando l'astro già passava sopra la punta. Prima di attaccarlo, il giovane volle salire in vetta. Sarebbe stato l'ultimo a scalarlo, il primo a demolirlo. Reclutò per l'occasione una guida alpina del posto, tal Fabio Battistutta, uno in gamba, e con lui s'arrampicò fin lassù. In vetta s'ergeva un mucchio di pietre che custodiva un contenitore metallico. Rimosse qualche sasso, tolse la cassettina e l'aprì. Conteneva un libretto vecchio e consunto in cui venivano elencati i nomi dei tanti scalatori giunti fino in cima. Tra essi quello della vecchia guida che lo accompagnava sui monti da bambino. Accanto al nome dell'uomo c'erano queste parole: "Quando non ci saremo più, le montagne saranno sempre al loro posto". Al giovane scappò da ridere. "Stavolta non sarà così" pensò, "io ci sarò ancora ma 'sta cazzo di montagna no di certo." Chiuse il libretto, lo ficcò nello zaino e scese assicurato dalla guida. In pochi mesi, a suon di mine e ruspe, il bitorzolo roccioso venne smantellato.

L'ingegnere tornò alla baita a dicembre inoltrato e ancora non era caduto un solo fiocco di neve. Si avvicendavano, una dopo l'altra, gran belle giornate con un sole anemico ma presente. Dal suo eremo solitario il giovane si godeva la pace ritrovata dopo la sospensione demolitiva. Un giorno, seduto fuori dalla baita, consultando sul quaderno le note dell'anno passato, osservò compiaciuto che l'amato sole non spariva dietro il maledetto picco. Durava un'ora in più. Senza alcuna incertezza pensò che aveva avuto ragione. Ma l'indomani la gioia finì. Con crescente disappunto notò, infatti, che da est il suo amico usciva piuttosto tardi. «Accidenti a lui» esclamò.

Ma non al sole, stava imprecando ad altro. Dalla parte opposta rispetto a quella dove aveva già smantellato la roccia, oltre il cerchio delle montagne, s'ergeva un ulteriore picco rompiscatole. Quello impediva al sole di levarsi prima. Breve riflessione e decisione: occorreva eliminare anche quello. Dopodiché sarebbe stato a posto. Non s'accorgeva, il ragazzo, che stava entrando nell'ingranaggio senza ritorno della mania. Applicava la formula letta in un libro di uno scrittore mediocre, Mauro Corona, il quale diceva che bisogna togliere per vedere. Come fare una scultura. Occorre togliere legno o marmo per farla apparire, così diceva lo scrittore. Allo stesso modo, secondo l'ingegnere, bisognava togliere montagne per vedere più sole. Ma, se nella scultura la formula è perfetta, in natura non funziona se non a scapito delle cose belle. O meglio, con l'inevitabile sparizione delle cose belle.

Passò anche quell'inverno durante il quale era caduta un bel po' di neve. Arrivò la primavera. Il ragazzo rimaneva lassù, solo, ma non tranquillo come sperava prima del ritiro. Ogni giorno osservava la via del sole scoprendo, con una certa stizza, che un'altra montagnola lo toglieva dal cielo d'occidente. E al mattino, voltando la faccia nell'oriente, ancora un altro arcigno becco roccioso impediva al suo amico di uscire dal letto. «Tra poco ci penso io» disse. E così, in mezzo a dubbi, animali notturni e follie, si palesò la decisione.

Il ragazzo leggeva, scriveva e scolpiva tronchi per demolire il tempo. E guardava la TV, soprattutto roba di sport. Faceva lunghe camminate sulle montagne e nei boschi osservando incuriosito la natura. Ma spiava anche il sole, che di nuovo s'inceppava dietro i picchi. "Sia di là che di qua" brontolava il giovane. Ossia a oriente e a occidente. Un tarlo acuminato gli rosicchiava il cranio. A tal punto che nemmeno godeva più la compagnia dell'amico che, sempre più forte e alto, passava ogni giorno su di lui. Lo notava solo quando sbucava di là, al mattino. A quel punto imprecava contro la montagna che lo teneva occultato fino a tarda ora. E poi lo vedeva bene verso le 14.00, quando un altro maledetto monolite se lo beveva come l'alcolista in astinenza tracanna il quarto di vino.

Di notte non dormiva. Quella fissa lo tormentava, gli roteava in testa come la biglia del flipper. *Din din*, colpi di qua, colpi di là. Alla fine decise che doveva smantellare anche il montagnotto a oriente. E così fece. Radunò di nuovo la pattuglia dei disoccupati disperati e pronti a tutto e si recò sul posto dove nasceva il sole. Come nell'intervento a occidente, per giungere sotto il picco coi macchinari serviva una strada. La aprì sbudellando ancora boschi e pascoli. Spazzando via tutto ciò che lo intrigava. I permessi per distruggere poteva ottenerli con facilità, lo sappiamo. Bastava pagare. Molto. E più pagava più le pratiche si sveltivano. E, una volta sveltite, iniziò ad abbattere il picco orientale.

Un giorno suo padre andò a trovarlo al cantiere. Il giovane, che ormai aveva superato i trenta, voleva presenziare, essere sul posto per godere la demolizione. Mai sarebbe rimasto lontano dalla sua impresa di sradicamento. Il padre gli disse: «Che fai?».

«Levo questa montagna del cazzo. Lei mi toglie il sole, io tolgo lei.»

«Sbagli» obiettò il padre, «le montagne stanno bene dove sono.»

«Senti chi parla» rispose il figlio, «proprio tu fai la morale! Tu che hai sbudellato montagne in mezzo mondo.»

Era vero. Il padre possedeva cave di marmo in tutto il pianeta, dalla Russia alla Patagonia, senza contare quelle nelle Apuane. Disse: «Lo so, proprio per questo sono apparso qui. Per dirti che di persone come me ne basta una in famiglia a fare danno. Ricorda però che io do lavoro a oltre cinquemila persone, e per di più ti ho reso la vita facile».

«Anch'io do lavoro a questa banda di poveracci» rispose il figlio «e non vedo alcuna differenza se non nel numero. Tu hai più operai, io meno, tutto qui. E se è per quello, anch'io ti ho reso la vita facile: avrei potuto essere un drogato, uno stupratore, un assassino, procurarti un sacco di guai. Renderti, insomma, la vita infelice se non difficile. Vedi papà, tra me e te l'unica differenza è l'età.» E con quelle parole ultime chiuse il discorso.

Così, guidando con pugno di ferro la disperata squadra di arrabbiati, iniziò a demolire il secondo picco roccioso. Lavoravano giorno e notte, in turni di otto ore per ventiquattro. Nel giro di poco tempo, il montagnozzo sparì e il sole ottenne via libera per sorgere prima. L'ingegnere congedò la squadra raccomandando di tenersi pronti nel caso, non troppo remoto, del "non si sa mai".

Tornò alla baita e, per prima cosa, si mise a scrutare l'alba e il tramonto dell'astro d'oro. Aveva avuto ragione: ora arrivava molto prima e se ne andava molto dopo. Ne fu fortemente soddisfatto e si compiacque ma... Sorse un "ma". Altri picchi e altre montagne s'ergevano a destra e sinistra del percorso del sole. Quando s'alzava, l'astro doveva uscire dal costone di una montagna. Allo stesso modo, andando a cuccia, si rifugiava dietro un altro torrione alquanto possente.

Fu a quel punto, in quel preciso istante di quel giorno maledetto, che nel giovane scattò il meccanismo della follia. Una follia lucida e determinata, senza scampo e soprattutto senza ritorno. Stando seduto davanti alla reggia d'alta quota, s'accorse che l'amico sole sbatteva di nuovo addosso a un campanile roccioso che lo prendeva per le orecchie e lo nascondeva in un baleno. La stessa cosa succedeva dall'altra parte, nelle remote plaghe dell'est: all'ora della veglia, l'astro d'oro veniva ritardato da un altro gigante di pietra che lo nascondeva. E pensare che, dopo gli smantellamenti, l'ingegnere poteva godere un paio d'ore di luce in più rispetto a prima. Poteva accontentarsi, ma non si accontentò. Non gli bastava, ne voleva di più.

Pensò a suo padre. Lui aveva milioni a tonnellate e cave in tutto il mondo eppure ne apriva di nuove. E così lui. Voleva più sole, sempre di più. Il sole tiene i suoi orari ogni giorno e in ogni stagione, fin dalla creazione del mondo. E se da qualche parte tramonta dietro un picco, magari da un'altra dura di più.

Ma l'ingegnere ormai non viveva da una parte o da un'altra, bensì in quell'unico posto. E da lassù voleva che il sole disegnasse attorno a lui un cerchio quasi perfetto. Così, complice la sua follia e i soldi del padre, dette avvio alla distruzione di paesaggi. Radunò ancora la pattuglia dei disperati e questa volta per sempre. Nella sua testa si stabilì l'idea di formare un'impresa specializzata a demolire montagne. Ma non solo, a smantellare tutto ciò che poteva impedire alla luce del sole di rimanere accanto alla sua baita.

Come prima azione, attaccarono a rodere il picco a levante. Per qualche anno si poterono udire il rombo delle perforatrici e lo scoppio delle mine, il tossire dei camion e il frastuono delle ruspe che spianavano. Terminato da quella parte, si spostarono dall'altra, verso ponente.

Qualche giornale contrario agli scempi lo attaccò, ma ben presto fu messo a tacere. O meglio, furono messi a tacere i giornalisti che ne scrissero. Intimidazioni, legnate e minacce di morte li indussero al silenzio. I soldi fanno tacere o parlare a seconda delle esigenze. Anche tacere per sempre se è necessario.

Tra la gente comune nessuno si capacitava di come l'ingegnere ottenesse la licenza a distruggere. Quelli invece che non erano gente comune lo sapevano benissimo. Nessuno osò mettersi in mezzo. Checché se ne dica, il denaro compra tutto, pure gli addetti a tutelare le montagne e le bellezze naturali. Altrimenti come spiegare certi scempi perpetrati giornalmente sotto gli occhi del mondo, nel silenzio di tutti? Si tutela dove fa comodo e, se capita l'occasione, neppure lì. Soldi.

Esistono luoghi molto noti adibiti a turismo invernale, dove si fanno retrocedere i confini di quella farsa chiamata UNESCO per innalzare nuovi impianti di risalita. Gli sciatori sono avvertiti. E serviti.

Altri scandali scempiosi o scempi scandalosi si pongono in essere pure in quei paradisi fittizi che sono i parchi naturali, territori a origine protetta solo sulla carta. Dove sorgono come funghi centraline elettriche concesse a privati che seccano l'acqua da torrenti, ruscelli, cascate e fonti d'ogni portata. Eppure pochi ricordano un remoto referendum dove, in blocco, la gente votò contro il furto d'acqua reputandola, quella sì, bene dell'umanità.

Ma al denaro non gliene frega niente dell'umanità. Men

che meno di quella parte onesta e fiduciosa che ancora crede in uno stato di diritto che abbia in cura un progetto ormai dimenticato chiamato Terra. Chi non ci crede più almeno spera, ma anche la speranza va scemando.

Politici corrotti, buoni a nulla, ma capaci di tutto, cinici e spietati, gareggiano a insultarsi nei talk show. Bofonchiano salvaguardie varie, urlano, s'adombrano e sottobanco vendono la terra buona, i mari, i deserti, i ghiacciai e le paludi, a sfruttatori senza scrupoli, i quali fanno piazza pulita di tutto.

Ogni terra è buona per far soldi, anche la più povera e trascurata. Perché in ogni terra c'è un qualche bendidìo nascosto, un tesoro da scavare, un valore da sfruttare. Un tizio coi suoi soldi può comprarsi mezza Sardegna, qualcuno lo ha pure fatto, senza trovare inciampi. Un povero diavolo, che non ha soldi, se mette in piedi la tettoia per la legna finisce nei guai. Quando non finisce in galera.

Non vi è da meravigliarsi, quindi, se qua e là balenano scempi di ogni calibro a scapito della natura, senza che nessuno vi si opponga seriamente. Questo per chiarire agli scettici e a coloro che dicono no, che invece è sì: coi soldi si può fare e ottenere ciò che si vuole. Ecco perché l'ingegnere, sotto l'ala del padre, otteneva i permessi. Ecco perché si cede l'acqua pubblica a privati e imprenditori senza scrupoli. E si trivella il mare come il fondo di un secchio pieno d'acqua. E tanti altri misfatti ottenuti a furia di soldi, per guadagnare soldi sotto l'accorta protezione dei protettori di natura.

Al bagliore di queste riflessioni, l'ingegnere demolitore ne usciva meglio di tutti. Almeno lui, dai suoi smantellamenti non guadagnava un centesimo. Anzi, ci spendeva sopra, e parecchio. Seppur folle, permeato di estremo egoismo, il suo progetto aveva un che di nobile, patetico, forse anche poetico. Voleva avere più sole, più calore, più luce. Facile che gli sia mancato affetto da bambino. Gli psicologi direbbero questo. Chissà. Sta di fatto che intraprese il suo programma a lungo termine con una determinazione senza pari. La sua esistenza, ormai, teneva la barra in un'unica direzione. E vi si buttò a vele spiegate, anima e corpo. E più tardi, dai suoi danni, ne cavò fior di soldi.

A questo punto occorre dire che ogni misfatto, ogni insulto alla natura, ne trascina altri, in un crescendo che può diventare pericoloso. E spesso senza fine. Nel caso dell'ingegnere, l'esempio fu ancor più eclatante.

Qualche imprenditore della ghiaia detta "oro bianco" si fece avanti: comperò gli scarti delle demolizioni per rivenderli appunto a peso d'oro. Servivano a fare massicciate, scogliere artificiali, riempimenti di fossati, granaglia e ghiaie. Ligio al principio di non voler guadagnare e, soprattutto, rendergli un favore, l'ingegnere delegò al padre la gestione degli affari, mettendolo di fatto a incassare i proventi. Era figlio unico, sapeva che alla fine sarebbe stata comunque roba sua. Potrebbe sembrare cinismo, ma si tratta di pragmatismo ragionato e paziente. A questo punto il progetto, permeato di nobiltà e forse patetica poesia, era andato a farsi benedire. Rimaneva soltanto la follia. Ma tant'è. A volte il caso ce la mette tutta a trascinarci in luoghi da noi accuratamente evitati. Così per l'ingegnere, che non voleva soldi e alla fine li avrebbe avuti tutti.

Sull'esempio dei trafficanti di ghiaia, altri imprenditori senza scrupoli si inserirono nella scia conveniente delle demolizioni. Lo sbancamento dei picchi, infatti, dava possibilità di passaggio a nuove piste di sci, che potevano salire da un versante e scendere dall'altro. Ecco perché i misfatti ne attirano altri. Si fecero avanti gli sfruttatori di neve a tracciare nuovi percorsi, ora non più interrotti da quegli ingombranti becchi di roccia. Per aprire le piste da scivolamento fu necessario abbattere numerose fasce di bosco, lunghe qualche chilometro e larghe parecchi metri.

Alcuni di quei boschi erano privati e non fu difficile acquistarli dai proprietari. Ma un montanaro tutto d'un pezzo, tosto e di sani principi, disse "no". Si oppose risoluto alla vendita dei suoi terreni. Allora esistevano ancora persone sane e incorruttibili? C'erano in circolazione degli spiriti nobili, nonostante la deriva sociale? Certo che esistevano e faceva piacere constatarlo. Però, se venivano attenzionati, alcuni duravano poco. Il tempo del terzo diniego e si trovavano di qua o di là. Da una parte o dall'altra cedevano. Chissà perché.

Così successe al montanaro tutto d'un pezzo.

Un giorno ricevette visite. Abitava in una casetta a metà costa, sulla linea dove sarebbe passato il nuovo tracciato. Erano tre uomini, due come armadi, uno piccolo e ben vestito. I primi sui quaranta, l'altro settanta. Il minuscolo disse al montanaro: «Con quello che ti offro, se sparisci da qui, di case potrai fartene dieci».

«Mi basta questa, grazie» rispose il montanaro.

«Con quello che ti diamo noi» proseguirono gli armadi «ti puoi fare soltanto il segno di croce qualche attimo prima. Scegli tu.»

L'uomo capì l'antifona e accettò la favolosa offerta. L'imprenditore dei fiocchi bianchi fu pure gentile. Gli disse che poteva fare la casa nuova nella stessa zona, solo un tantino più in là, così non avrebbe patito la distanza dal luogo d'origine. L'uomo ringraziò ma rispose che era meglio di no. Intuiva che di lì a poco, là intorno, sarebbe fiorito un bordello di clangori, vociare di sciatori e via vai di seggiovie. Preferì spostarsi altrove e riprendere la sua vita solitaria bruscamente interrotta dal solito prepotente pieno di soldi.

Mano a mano che il giovane demoliva montagne, quindi, dal fondovalle salivano serpeggiando nuove piste da sci. Lassù, dove l'ingegnere aveva fatto piazza pulita, sorgevano alberghi e rifugi alpini. Da cosa nasceva cosa, da misfatti crescevano soldi.

Intanto passavano gli anni. Nelle pause di sospensione, un paio di mesi nel periodo freddo, l'ingegnere tornava alla baita. Dalla sua specola sui monti ammirava il lavoro fatto. A decretare la bontà dell'opera era il sole, che ormai durava molto di più che ai tempi del trasferimento. Però, constatava l'ingegnere, alla fine della corsa, spariva comunque dietro qualche altro campanile di roccia. Allo stesso modo, dalla parte di levante, c'era ancora un picco rompiballe che ne tardava il sorgere. "Ci sarà sempre qualcuno che intralcia i passi" pensò l'ingegnere, "ma io spazzerò via tutti."

Intanto gli capitò un fatto imprevisto. Credeva godersi i due mesi di pausa nella sua tana sui monti ma così non fu. Ormai lo aveva ghermito il demone spaccamontagne, di stare in ozio non era più capace. Il fatto di non demolire lo metteva di cattivo umore. Non apprezzava più come un tempo la neve che scendeva silenziosa a coprire la baita, i boschi e le cime lontane. Lo infastidivano i versi degli animali che vagavano al buio in cerca di cibo. Lo seccavano i rantoli degli uccelli notturni che soffiavano lamenti sulle notti invernali. Un tempo queste cose lo commuovevano, ora lo disturbavano.

Aveva il pallino di liberare il sole da tutte le tende di pietra. E non soffriva per nulla a vedere i mozziconi dei monti rasi al suolo da lui e la banda dei disperati. D'inverno, la neve copriva quegli scempi e chi non aveva visto il paesaggio prima degli interventi credeva fosse normale. Invece, normale non era più nulla in quelle zone. Poteva sembrare tutto vuoto e silenzioso a causa dell'inverno. Invece mancava realmente qualcosa. Solo alcuni anni prima, là intorno sorgevano splendidi picchi dolomitici... L'ingegnere non provava alcun rimorso.

Un giorno si spaventò. Capitò d'inverno durante i mesi di pausa forzata. Stava guardando la TV, su nella baita. Alcuni scienziati annunciarono l'indebolimento del sole e secondo loro, dopo molti secoli, la sua morte. Questa notizia lo avvilì. Pur sapendo che non sarebbe vissuto i secoli necessari per assistere alla morte del suo amico, ci restò assai male.

Ormai non leggeva né scriveva più. E nemmeno scolpiva. La sua mente stava occupata di continuo nei progetti di smantellamento. Non vi era spazio per altro. La follia, seppur contenuta, era fredda e determinata e aveva un unico obiettivo: togliere montagne per liberare il sole.

Durante l'ultima pausa invernale, ragionò che due mesi di ozio erano tempo perso. Si potevano impiegare meglio. Così stese sulla carta un piano dettagliato per tirar giù montagne anche d'inverno. Era necessario soltanto organizzarsi. Pulire le strade con le ruspe, liberarle dalla neve, aprirne di nuove per affacciarsi alla base dei picchi e por mano all'esplosivo. Diamine, che ci voleva? Bastava aumentare il salario ai disperati e quelli si sarebbero mossi alla svelta. Era gente disposta a tutto, a lavorare in ogni condizione. In quanto al freddo, si potevano accendere grandi falò portando su legna a sufficienza. Fornire bevande calde, indumenti termici. A turno, i disperati si sarebbero temprati accanto al fuoco. Insomma, c'era gente nel mondo che stava peggio, che ci voleva?

Ricordò d'aver letto qualcosa sui deportati della Siberia. Gente condannata ai lavori forzati, assassini, prigionieri politici costretti a operare a meno cinquanta gradi. Uomini senza più speranza né voglia di vivere. Eppure resistevano. La gran parte morì di stenti, freddo e fatiche. Ma alcuni tornarono dall'inferno di ghiaccio, comparendo nei villaggi a guisa di fantasmi. Qualcuno descrisse il suo feroce calvario in un libro, come Varlam Šalamov, ad esempio. Che apparve d'improvviso in città, asciugato e smunto, senza parole, dopo trent'anni di lavori forzati alla Kolyma, la regione più fredda del pianeta.

"Allora" pensò l'ingegnere, "se hanno resistito quelli, tanto meglio i miei operai equipaggiati di tutto punto per muoversi a meno venti." E poi avrebbero avuto pause davanti ai falò, ristoro nelle baracche riscaldate, cibi appositi e bevande calde. "Sì" concluse tra sé l'ingegnere, poteva smantellare montagne anche d'inverno. Ormai ne era convinto. E con quella convinzione, aspettò la primavera.

7

Senza tregua

La primavera arrivò puntuale con il canto del cuculo. Per l'ingegnere fu una liberazione. Era un piovoso 7 aprile di un anno da scordare in fretta, quando l'uomo chiuse la porta della baita, calò a valle e radunò la squadra. Non solo, la rinforzò con elementi di prim'ordine, gente speciale, reclutata nelle cave di Carrara, dove suo padre possedeva cantieri importanti.

Dal momento che si trattava di cavare pietre aveva bisogno di uomini che la sapevano lunga, risoluti a demolire montagne come nessun altro. Erano stati licenziati in tronco proprio per la loro mania di produrre migliaia di blocchi senza il minimo rispetto dei monti. Riuscivano a far brillare, in un colpo solo, fino a dieci quintali di esplosivo. Legnate che facevano tintinnare vetri nelle case dei fondovalle, dove turisti di ogni nazione arrostivano al sole di Versilia.

Questi tarli umani, dai denti al vanadio che rodevano le montagne, portarono nella squadra innovazioni e novità. La pattuglia spazza-monti era pronta a tutto. Suggerirono all'ingegnere di adottare il filo elicoidale dei cavatori per tagliare enormi fette di roccia come fosse polenta. Porzioni dalle dimensioni ciclopiche, alte venti metri, larghe quattro e lunghe una trentina. Appena il cavo le aveva segate fino alla base, le capottava in basso. Dopodiché, con piccole cariche di cheddite, venivano sbriciolate e fatte sparire. Diventava un lavoro un po' lungo ma necessario. Infatti dove la montagna era formata da marmo buono, conveniva quello stile. I blocchi sani se li prendeva il padre, che nel ramo del marmo era re incontrastato, e li rivendeva a caro prezzo ai miliardari americani. Avvenne così che, senza volerlo, padre e figlio diventarono soci. Seppur con obiettivi diversi, lo scopo era il medesimo: demolire e spianare montagne.

Ci furono reazioni contrarie, e non si può dire a loro insaputa visto che molti giornali si occuparono dello scempio. Titolavano a caratteri cubitali la distruzione continua dei picchi rocciosi. Finché d'improvviso non abbaiarono più. Cos'era successo? Semplice, erano stati ridotti al silenzio. Non è dato sapere se ungendo le ruote con olio buono o spaccandole con la mazza. Quello che è certo è che i numerosi giornali "contro" d'improvviso tacquero. E per sempre. E quelli che non tacquero, usarono la voce fievole del buon accordo.

Ma, bisogna dirlo, era così per tutto. Le multinazionali rubavano l'acqua, i petrolieri sforacchiavano il fondo del mare come una vecchia caldera, gli imprenditori del legname distruggevano foreste, Amazzonia in primis, i guerrafondai distruggevano vite umane, e via di questo passo.

E i mezzi d'informazione? Tutti una fotocopia. Quattro parole abbaiate all'inizio, nell'eclatanza dei fatti, cui seguiva l'abbassamento di toni e di righe fino alla dimenticanza. Il demolitore la sapeva lunga su certe code di paglia, per questo continuava imperterrito ad aprire spazi per ottenere sole.

La sapeva lunga a tal punto, che alcuni quotidiani e reti televisive, seppur timidamente, vedevano gli smantellamenti come interventi essenziali, a beneficio dei popoli montani, e come opere nuove, di grande valore tecnico-scientifico.

I poveri bifolchi montanari, resistenti in plaghe remote e disperate dove la neve non cadeva firmata, avrebbero così goduto molte ore di luce in più. Non era poco. Ne avrebbero beneficiato non solo loro, ma anche le verzure dei campi e degli orti. E tutti gli esseri fragili, raggelati un tempo dalle precoci ombre della sera.

In seguito alla follia distruttiva dell'ingegnere, accadde un altro fatto anomalo. Non più frenati dalle montagne, i bellicosi venti del nord spazzavano con furia le creste nuove dove un tempo sorgevano i picchi dolomitici. E allora, imprenditori lungimiranti, che ambivano a energia pulita, impiantarono lassù processioni di pale eoliche per produrre corrente elettrica. E avvenne che grazie al vento l'ingegnere s'arricchì ulteriormente. Ma non era finita.

Provato che da cosa nasce cosa, le demolizioni fecero affiorare altre fortune che dormivano dentro il cuore dei monti sbriciolati. Era come se la squadra scavasse per disseppellire tesori. Vennero alla luce cristalli enormi e fossili di rara bellezza sui quali si buttarono a capofitto collezionisti di ogni calibro. All'inizio raccoglievano per hobby ma, fiutato l'affare, ne fecero commercio con guadagni cospicui. Per la verità, esisteva una legge che tutelava tali reperti ma aggirarla e farne scempio fu un giochetto da ragazzi. Ragazzi adulti che pagavano per estrarre. Estraevano il portafogli per estrarre cristalli e fossili che rendevano mille volte più dell'esborso.

Se pensiamo che l'ingegnere amava il bello, vien voglia

di maledirlo e pisciargli sulla tomba. Ma tomba non ebbe. E riconoscere che il brutto e il cattivo gusto erano riusciti a sconfiggere il bello. Si può essere intelligenti e sensibili finché si vuole, ma quando la follia domina il cervello si diventa pericolosi. O ridicoli. O entrambe le cose. E altre ancora. Comunque sia, ci vuole coraggio, e di quello tosto, e follia e stupidità per mettersi a cavar picchi rocciosi come denti da una gengiva. L'ingegnere lo faceva.

Quella primavera, nuova come una camicia a fiori appena comprata, agghindò il demolitore di alcuni cambiamenti. Ormai l'uomo non ammirava più il sole dalla sua baita, voleva soltanto sovrintendere agli sbancamenti per conoscere la durata della luce e la bontà della sua opera. Ormai era entrato nel vortice senza fine di una follia cocciuta, atta soltanto a distruggere.

Il progetto era semplice: togliere di mezzo l'intera cerchia di montagne che occultava il sole. Da est a ovest, senza tregua, tracciare un cerchio col compasso. Piazza pulita, come spazzare con la mano le briciole da una tovaglia. Via quei picchi e quelle punte. Mozzarle tutte. Sbriciolarle affinché il sole non avesse più incidenti frontali.

A costo di spendere tutta la vita, lo avrebbe fatto. Non più per lui, bensì a beneficio dei futuri. Quelli che sarebbero venuti dopo avrebbero goduto l'astro tutto il giorno, lungo le quattro stagioni. Avere più sole era diventato l'unico scopo della sua esistenza. L'unica ragione che lo avrebbe fatto resistere. E così, entrato nel gorgo senza uscita della pazzia, quella fu l'ultima primavera trascorsa alla baita del sole morente. Da lì in avanti, cominciò a fare sul serio.

8

Addio monti

A quel punto il demolitore era attrezzato per operare lungo tutti i mesi dell'anno. Ad ogni picco che toglieva di mezzo provava soddisfazioni senza uguali. Quando ancora dimorava alla baita, aveva fatto uno studio accurato dei punti dove il sole si dileguava dietro le rocce e dove sorgeva mettendo fuori la testa come un bimbo dall'angolo di una casa. Osservò e annotò diligentemente il punto esatto di sparizione, segnando tutt'intorno una linea immaginaria. Voleva, in un certo modo, risparmiare un po' di montagna. E così, come per giustificarsi o alleviare un senso di colpa, o togliersi un po' di rimorsi, demolì i picchi solo dall'altezza stabilita in su. Sotto quel livello, il monte poteva rimanere dove stava. E non era poco. Almeno esisteva un moncone, un mozzicone a testimoniare che una volta in quel punto svettava un picco di dolomia dai tempi della creazione.

Un giorno successe qualcosa che gli massacrò il morale. Si riprese subito ma restò segnato. Scoprì che esisteva una cosa che nessuna moneta poteva comprare. Avvenne questo: il sole splendeva in cielo come un fuoco dentro un bacile d'oro, poi, senza alcun preavviso, si oscurò completamente fino a farsi quasi nero del tutto. La luna, per chissà quale disegno o ghiribizzo, gli si era messa di fronte, originando un'eclissi totale.

Il demolitore non aveva mai considerato quel fenomeno. Era stato ingenuo e non si era ricordato che, effettivamente, la luna poteva oscurare il sole, facendolo tramontare seppur per qualche minuto soltanto. Si sentì disarmato e sconfitto. Quella, ahimè, non la poteva eliminare: la luna non era scalfibile e nemmeno comprabile.

Ci pensò alcuni minuti e ne impiegò altrettanti a riprendere una briosa decisione. Li trovò appena il sole si liberò dalla luna e cominciò di nuovo a risplendere là in alto nei suoi lampeggi di fuoco.

L'ingegnere capì una verità: da qualche parte nel cosmo esistevano realtà che non poteva vincere. Né coi soldi né con la violenza. Vi sono cose irraggiungibili che si possono ammirare solo da lontano, se ne può godere la presenza solo per il semplice fatto che esistono. Si vedono ma non si toccano. La distanza siderale le protegge dalla mano rapace degli uomini. Le stelle, i pianeti, il sole, la luna, intere galassie sono realtà che durano perché l'uomo non le può raggiungere. E se mai le raggiungerà, come è successo alla luna, lassù non farà tanto il gradasso. Tutto quello che invece l'uomo avvicina, seppur con lentezza, verrà spazzato via dalla sua azione fatale.

L'ingegnere, per il barlume di un attimo, pensò di poter spostare la luna dalla traiettoria. Meglio ancora disintegrarla facendole piombare addosso un colossale meteorite spinto da razzi appositi. Per un secondo pensò e sognò questo. Ma smise subito. Anche se ammattito, intuì che il progetto era troppo inaccessibile. Però plausibile. Qualcuno, prima o dopo, lo avrebbe di certo potuto realizzare. Lui intanto si sarebbe occupato delle cose a portata di mano. Nel suo caso, quei maledetti picchi rompiballe che ostruivano il sole.

Durante la demolizione di un campanile color argento di solida pietra, alto trecento metri, sottile e slanciato come una matita, gli capitò un fatto antipatico. Quel missile in eterna partenza era meta continua di rocciatori che lo scalavano. In vetta, attaccata a un trespolo, stava una piccola campana. Chi la suonava aveva avuto coraggio di andare fin lassù. In molti andavano a suonarla. Su quel bronzo erano incise alcune parole. I rintocchi rotolavano per la valle come belati di agnelli senza madre.

Quando seppero dello smantellamento, molti alpinisti si ribellarono. Per protesta salirono in cima e vi rimasero giorni e notti dentro una tenda. Si davano il cambio in numero di tre per volta. Nel frattempo, alla base del campanile rombavano le prime cariche fatte brillare. I camosci fuggirono a gambe levate, i cervi pure. I forcelli zampillarono dai mughi e sparirono. Le vipere si ficcarono sotto terra come trecce d'acqua che scompaiono. Gli uccelli migrarono da un'altra parte e gli alberi si piegarono. In poco tempo tutto tacque, tranne le mine che scuotevano l'aria fino al cielo.

I ribelli della vetta si spaventarono, scesero in fretta per non risalirvi mai più. Soltanto avvicinarsi al campanile era diventato pericoloso. Le deflagrazioni lanciavano proiettili di pietra a lunghe distanze. L'ultimo rintocco la campana lo esalò un pomeriggio di luglio, quando il campanile rovinò su se stesso con immane fragore. Di lui, della sua bella figura elegante e slanciata, rimaneva soltanto un immenso cumulo di rocce sbriciolate.

Sul caos primordiale e disordinato dei blocchi, che ricordavano ere di cataclismi preistorici, si depositò pian piano la polvere della distruzione.

Da quel giorno e per molti anni di seguito, durante le estati, si vide un alpinista aggirarsi con pazienza tra le macerie di quello che fu il più bel campanile del mondo. Cosa faceva lì? Cercava la campana. Spostava sassi e pietroni grossi nella speranza di trovarla. Non la trovò. Morì di lì a qualche anno, malattia, forse malinconia. Senza la soddisfazione di aver rinvenuto la campana che tante volte aveva suonato sulla vetta.

Passò il tempo. Morirono tanti anni e vite umane. Le macerie del campanile, all'inizio bianche e scarnificate dalle esplosioni, erano tornate grigie come in origine, un vecchio ammasso di argento dimenticato.

Nei pressi del monolite in frantumi, alcuni operai stavano tagliando pini mughi. Dovevano smantellare una larga fascia di bosco per far passare la nuova cabinovia che avrebbe scavalcato la cresta, e poi sarebbe scesa dall'altra parte. Siccome l'imperativo dei tempi nuovi favoriva l'occupazione di spazi liberi, sulla cresta era sorto pure un albergo-ristorante di super lusso che offriva prelibatezze e comfort.

Si stava vivendo in un periodo strano, balordo e innaturale. Gli uomini nel tempo libero non volevano più faticare, né camminare, né fare sport, né il minimo sforzo fisico. Per questo motivo erano sorti impianti di risalita dappertutto. Non per servire gli ormai rarissimi sciatori ma, soprattutto, per far salire i non camminatori. Che appunto, erano la maggioranza dell'umanità. E così gli si faceva prender quota sui cavi, con seggiole e cabine, per recarsi tra le nuvole a mangiare e bere.

Mentre tagliavano mughi, un operaio trovò la scheggia di quella che immaginò fosse stata una campana. Lunga una spanna, larga un po' meno, portava incise delle parole. Queste: *Audentis resonant*... Poi il nulla. S'intuiva però che la frase doveva essere stata più lunga. L'operaio la portò a casa e la tenne come ricordo. Ma non si accontentò. Incaricò un esperto di fare ricerche per saperne di più. Il tecnico si immerse in un sito internet chiamato "la memoria spazzata" e trovò la cronaca delle distruzioni storiche. Scoprì che si trattava di un frammento della campana posta in vetta a un campanile abbattuto molti anni prima da un pazzo. La frase intera, incisa sul bronzo, era questa: *Audentis resonant per me loca muta triumpho*. Che tradotta significa più o meno: "Per farla squillare occorre aver osato".

Ma ora, dopo questa breve parentesi, occorre tornare indietro, nel tempo remoto, e recuperare il demolitore di montagne. Il quale avanzava imperterrito tra selve di pinnacoli rocciosi, sgretolando sistematicamente quelli che addentavano il sole. Durante l'opera nefasta, gli toccò un tozzo panettone posto a oriente della levata. Sarebbe bastato abbassarlo un centinaio di metri perché il sole sorgesse prima. E allora via, mano alla dinamite e alle ruspe. Tutte quelle esplosioni sgretolavano la quiete profonda e sacra del silenzio, ma ormai smantellare rocce era l'unica occupazione che gli rendeva la vita sopportabile.

La follia lo aveva reso cieco, sordo e muto. Non vedeva il danno che stava facendo. Non parlava quasi più con nessuno, solo qualche volta coi genitori che stavano invecchiando. Non sentiva le voci di protesta che qualche scampato naturalista gli muoveva contro. Uno lo apostrofò così: «Se volevi il sole tutt'intorno, quella maledetta casa potevi fartela sull'Everest». Il giorno dopo lo raccolsero da una curva del sentiero pestato a sangue. Non si scherzava più.

L'ingegnere viaggiava armato, pistola sotto l'ascella. Inoltre era sorvegliato a vista da otto guardie del corpo, anche quelle ben fornite di cannoni. Del resto, a lui non interessava nient'altro se non togliere di mezzo le montagne intorno al sole. E far togliere di mezzo chi glielo voleva impedire. Era come non si rendesse più conto che la terra intera girava intorno al sole. Eppure gli tornavano alla mente delle frasi, apparse qua e là, nei libri della sua vita, quando ancora aveva tempo di leggere. Belle parole, senza dubbio, ma che non era mai stato in grado di mettere in pratica. Anzi, ora le ridicolizzava. Ad esempio, ne rammentava una di Beckett: "La saggezza dei grandi pensatori consiste non nel soddisfacimento ma nella eliminazione del desiderio". Nei tempi ormai lontani, ammirava quegli aforismi, ora li disprezzava. Proprio Beckett parlava! Figurarsi se non aveva mai avuto desideri. Balle. Alla malora lui e le sue massime. E tutti gli altri assieme. E avanti a testa bassa a sbriciolar montagne.

Successe, mentre spianava il tozzo panettone, un fatto che sembrava inquietante, e un po' lo era. L'ultima scarica di mine rivelò qualcosa di così inaspettato da mettere spavento. Al centro del panettone ormai spianato, si aprì una voragine circolare del diametro di almeno venti metri e profonda quanto non si poteva immaginare né sapere. Infatti, saperlo era difficile, il fondo non si vedeva né si sentiva. Gli operai buttarono giù dei sassi come angurie nell'orrido buio e tetro, ma non li udirono battere il tonfo d'arrivo. Quei pietroni sembravano senza peso, sparivano nella voragine con un soffio e poi più nulla. Possibile non ci fosse una fine, da qualche parte, giù nel buio? Niente. Colpi non venivano.

Un'altra cosa inquietò gli esperti che indagarono il fenomeno: dal buco nero salivano nebbioline giallognole dal forte odore di bruciato, come fosse zolfo. Per prima cosa l'ingegnere provvide a recintare il perimetro della voragine con pali e tavole onde evitare cadute accidentali. Poi chiamò uno staff di tecnici in modo da capirci qualcosa. Ma niente si capiva, né si capì in seguito. Nessuno speleologo osò calarsi là dentro. I fumi erano piuttosto maligni, per non dire tossici, si temeva per le loro vite. Allora mandarono giù degli elicotteri giocattolo, telecomandati e con telecamera incorporata. Non ne tornò su nemmeno uno, come se nebbie maligne li avessero liquefatti là in fondo.

Un cattolico credente, vecchio stampo, pio e pieno di paure, dopo aver scrutato nel buco orrendo assieme ad altri, disse: «Questa è l'entrata dell'inferno, ecco perché non si tocca il fondo, l'inferno non ha fondo».

Quella voce iniziò a girare in cerchi sempre più larghi, come dopo aver gettato un sasso nell'acqua ferma. Girò così velocemente da raggiungere in breve tempo la curiosità del mondo intero, tanto che all'ingegnere brillò in testa l'idea geniale. Sistemò la strada d'accesso rendendola praticabile, liscia e asfaltata. Aprì accanto al baratro enormi parcheggi e mise un paio di fedelissimi a gestire l'affare e raccogliere i soldi. Fece sapere a mezzo mondo che chi avesse voluto, lassù, avrebbe potuto affacciarsi alla porta dell'inferno. Aggiunse che, in certe notti senza luna e totale silenzio, si potevano udire le urla dei dannati. Si capì che era una fandonia ma era assai suggestiva. Soprattutto efficace.

Infatti iniziarono ad arrivare i primi curiosi a pagamento. Acquistavano il biglietto per entrare. Tutt'intorno era recintato e dovevano per forza passare dalla sbarra. Il fenomeno dilagò al punto che sbucarono visitatori da ogni parte. L'ingegnere guadagnò tanti di quei soldi che nemmeno sapeva quanti. E men che meno gli interessava saperlo. Fondò una società che si occupasse dell'affare dove l'inferno era a pagamento, mentre lui seguitava a demolire i picchi.

Il suo lavoro era una sinfonia di suoni, clangori, deflagrazioni e rimbombi. La realtà per lui era solo questa, il resto non esisteva. La sua opera, che doveva segnare la memoria dei popoli, fu una lunga serie di colossali disastri, distruzioni e scempi che avrebbero cambiato la storia. E il paesaggio. Il demolitore andò avanti imperterrito, nell'indifferenza di chi avrebbe potuto e dovuto fermarlo. Dietro le distruzioni sorgevano opportunità, occasioni ghiotte, interessi cospicui acciuffati al volo da astuti affaristi in combutta con lui. Quelli, e solo quelli, decidevano cosa fermare e cosa mandare avanti.

Nel frattempo, sul buco dell'inferno la folla si assiepava. Bisognava porvi rimedio. Furono allestiti corridoi appositi dove convogliare la gente. Per sfoltire l'enorme traffico dalla strada, si costruì una funivia super-tecnica che arrivava fino alla cresta dell'inferno. Da quel momento la zona prese il nome di "valle dell'inferno".

Intanto il tempo passava, e lassù, nella valle dell'inferno, si dovettero apportare delle modifiche attorno al buco senza fondo. Successe che in due anni, cinque visitatori vi si buttarono dentro. Uno, mentre spiccava il volo oltre la staccionata, gridò: «Voglio abbracciare Satana!». E saltò nella voragine sotto gli occhi atterriti dei presenti. Un altro confessò:

«L'inferno ce l'ho dentro, voglio cercarne un altro». E saltò. I tre ultimi suicidi non dissero niente. Si tuffarono e basta.

A quel punto costruirono delle protezioni di vetro in modo che tutti potessero spiare nel foro ma nessuno buttarvisi dentro. Le visite notturne, nel frattempo, si erano intensificate. La diceria che al buio si potevano udire le voci dei dannati aveva preso il largo. Allora si dovette corredare il buio con delle luci, per far avvicinare la gente senza rischio. Quando s'erano radunate una cinquantina di persone, un addetto spegneva i fari di colpo affinché ascoltassero le voci. Ma voci non salivano. Era soltanto una furbata dell'ingegnere per accumulare più ricchezza.

Lui e suo padre avevano la malattia dei soldi. Per loro, vivere non era godersi la vita bensì accumulare denaro, piallando montagne. E così l'ingegnere avanzava a testa bassa nella sua opera, giorno dopo giorno, anno dopo anno, senza curarsi di niente e di nessuno. A chi osservava, anche da lontano, lo scempio, non restava altro che un sussurro e una voce: «Addio monti!».

9

L'omino

Passarono intanto ancora un po' di anni. Il giovane demolitore d'ora in avanti non lo chiameremo più giovane ma soltanto ingegnere. Giovane non lo era più, almeno nell'accezione esatta della parola, dato che andava ormai per i cinquantacinque, e da quasi venticinque spazzava picchi rocciosi e punte di montagne. Si era trasformato in un uomo che faceva paura. Ma nonostante tutto qualcuno osava ancora avvicinarlo, e brontolargli qualcosa. Uno gli disse: «Se voleva il sole in eterno poteva trasferirsi in Groenlandia, non rompere le montagne. Lassù il sole dura giorno e notte». L'ingegnere lo fece allontanare ma intanto pensò a quelle parole.

Ricordò che un giorno lontano fu lui, bambino, a dire alla sua guida che vi erano posti dove il sole non tramontava mai. L'uomo gli rispose che tramontava anche lì, e non appariva per sei mesi. Era meglio averne un poco al giorno, che tanto per sei mesi e poi nulla per altrettanti. Così sentenziò la vecchia guida, lo ricordava bene.

Fu in quell'occasione che scoprì i picchi rocciosi intenti a rubargli il sole. Allora iniziò la disputa col suo tutore che cercava di ricordargli che il sole era fatto così, alla sera doveva andare a nanna da qualche parte, che era stanco, bisognava accontentarsi.

Ora, dopo tanto tempo, un uomo veniva a parlargli del sole che stava in cielo sei mesi. Al che l'ingegnere, prima di farlo allontanare, gli rispose in malo modo. Alla sua guida invece, quel giorno lontano, aveva risposto in tono garbato. Forse perché era un bambino e non aveva ancora assimilato il senso di vittoria ad ogni costo. Ora, però, le cose erano cambiate, il bambino di allora non esisteva più, e un po' gli dispiaceva. Ma ormai indietro non era possibile tornare, da tempo aveva superato il punto di non ritorno.

Qualche volta rimpiangeva amaramente d'aver fatto quelle scelte, operato a quel modo. Era solo un attimo, poi tornava cinico e deciso. In quel mezzo secondo, però, lo assillavano rimorsi e rimpianti. Se fosse rimasto il bambino di allora, se si fosse accontentato di quel che aveva, e non era poco, chissà, forse oggi sarebbe vissuto in pace. Invece campava braccato da se stesso, ossessionato dalle rocce che mettevano il sole in prigione. Questi pensieri ogni tanto lo pizzicavano, gli tiravano le orecchie. Subito però li allontanava infastidito, con un gesto della mano, come vespe insolenti.

Non voleva nemmeno pensare di interrompere la sua opera. Nemmeno per un mese. Di tornare alla baita e godersi il sole e la vita che gli restava, non era nei progetti. A quel punto bisognava completare il lavoro. Lo doveva al sole ma soprattutto a se stesso. Era diventata una questione di orgoglio, puntiglio, sfida all'ultimo picco. O lui o loro. Così spazzò via ogni dubbio e si rimise a demolire con più furia che mai.

Nel suo avanzare inesorabile, si imbatteva in diverse scoperte, come diversi erano i tipi di roccia che incontrava. Un anno, smantellò la spalla occidentale di una parete color rosso cupo. Quando batteva il sole, prima di sparirvi dietro, diventava un foglio di rame corrucciato, splendente come una caldera pulita dallo stagnino. Le prime esplosioni delle mine ai piedi del monte fecero schizzare dalla pietra migliaia di fossili: pesci, conchiglie, alghe e altre forme di animali marini, alcuni mai visti prima. Una volta era mare dappertutto, pensò l'ingegnere, tanti milioni di anni prima, lassù nuotavano le nuvole, il sole vi si specchiava dentro. Quegli animali guizzavano nell'acqua. Ora erano immobili, scolpiti nell'eternità della pietra, muti testimoni di una vita lontana e misteriosa che a scoprirla lasciava stupefatti e attoniti.

Sarebbe stato bello, pensò il distruttore, essere vissuto in quell'era selvaggia e primordiale. Ma subito dopo ragionò diversamente mandando avanti la logica del profitto. Perché non vendere quei fossili e cavarne un po' di soldi? E così fu. Collezionisti, scienziati, studiosi di ogni sorta e nazione, nonché gente normale col portafogli gonfio, tutti si buttarono sui reperti. Ne facevano incetta a suon di banconote. Ancora una volta l'ingegnere dimostrava agli scettici che da un male poteva derivare un bene. Nel suo caso, economico. Un'azione storta ne può creare altre, più storte ancora, ma ben dritte nel mirare al guadagno a scapito della natura.

Ovviamente i fossili della montagna di rame sulla carta risultavano protetti da leggi speciali, non potevano in alcun modo essere asportati. Men che meno commerciati. Invece lo furono. Le leggi speciali, prove alla mano, sono speciali perché specialmente aggirabili. Anzi, tutte le leggi sono speciali, altrimenti non sarebbero aggirabili. Così il nostro amico, con la complicità di politici corrotti e di quelli prima o poi corruttibili, ottenne di commerciare i fossili. Affidò l'impegno ai suoi scagnozzi, lui doveva demolire. E accumulare soldi.

Intanto che gli scagnozzi si occupavano degli affari, l'ingegnere si occupava degli impicci rocciosi da togliere. Già all'inizio dei disfacimenti, il nostro eroe si era accorto che sui luoghi dei misfatti stazionava spesso un omino insignificante, piccolo e rubizzo. Armato di un aggeggio simile a un binocolo, stava seduto per ore, immobile e paziente. Attraverso il suo apparecchio, scrutava i dintorni con tenacia e costanza, senza minimamente scomporsi. Più volte lo dovettero allontanare con la forza per non farlo polverizzare dalle mine che sbriciolavano la roccia. Ma, subito dopo le esplosioni, l'omino tornava sul posto a scrutare col suo strumento. E segnava delle cose su un quaderno che, si presume, facesse parte di una serie.

Ogni tanto l'ingegnere lo avvicinava per fargli alcune domande. Voleva capire il perché di quella assidua presenza sui luoghi dei misfatti. L'omino, che avrà avuto suppergiù l'età del distruttore, ma era molto meno aitante e fascinoso, faceva spallucce campando a suo favore il motivo della curiosità.

«Mi diverte veder sparire le montagne e liberare spazio» diceva.

Al che il demolitore ribatteva: «Liberare sole, non spazio».

L'omino rispondeva: «È la stessa cosa, spazio vuol dire luce, quindi sole».

Avvenne così che, dài oggi dài domani, l'ingegnere prese a considerare positivamente l'omino insignificante. E lo lasciò scrutare senza più infastidirlo. Si può dire che diventarono amici. Anche perché lo sconosciuto mai si permise di muovere una seppur minima critica all'operato dello spazza-montagne. Era uno che guardava e basta e, caso raro, badava ai fatti suoi. Il distruttore apprezzava chi non gli si metteva contro. Così, tra una demolizione e l'altra, i due s'incontravano concedendosi sovente qualche chiacchiera.

L'omino, nonostante l'aspetto mite e tonto, si rivelò in realtà interlocutore acuto e preparato. Una volta, durante l'ennesima discussione, l'ingegnere affermò che la sua opera rendeva un servizio all'umanità, regalando a tutti più ore di sole.

«Non a tutta l'umanità» ribatté l'omino, «semmai a coloro che abitano in quota. O più precisamente, da queste parti.»

«E le sembra poco?» chiese piccato l'ingegnere.

«L'umanità è fatta di individui, uno alla volta fanno i sette miliardi che siamo, mi pare esagerato che lei possa rendere un servizio a questa immensa umanità» affermò l'omino. E aggiunse: «Inoltre c'è da puntualizzare che forse non tutti desiderano il sole eterno, magari esiste qualcuno che ama vederlo tramontare. Di certo lei avrà assistito a qualche tramonto sul mare, quando il sole si tuffa nelle onde. Eppure non si è sognato di abbassare il mare per far durare il sole di più. C'è un limite a tutto, e c'è un tramonto per tutto. Anche nella vita. La quale in ogni anima trova il suo mondo, e in ogni sera lo scoglio dove tuffarsi. Fino all'ultima notte, quando non sorgerà più».

«Lei se le va a cercare» rispose il distruttore, «i progressi della scienza e della medicina hanno spostato molto in avanti i tramonti degli uomini. Lei potrebbe tramontare stasera per un infarto. Invece, con ogni probabilità, la salvano e, con qualche attenzione, può vivere ancora molti anni. Ecco, la scienza ha demolito il monte che avrebbe ingoiato il sole della sua vita. Della quale può ancora fare uso a piacimento. Bisogna eliminare ostacoli, siamo qui per questo. E non dica più stupidaggini, la prego.»

L'omino disse: «Il suo ragionamento non fa una piega, peccato che non stia in piedi. Si smantellano ostacoli per avere più vita, e va bene. Ma, nello stesso tempo, si alzano montagne di odio che scatenano guerre dove la vita viene tolta a giovani, vecchi, bambini e donne. Si salvano persone per ucciderle un po' più in là. Come liberare fagiani e divertirsi a sparargli addosso. Certo, non vi sono guerre dappertutto, ma anche dove regna la pace la gente non vive bene. E allora cosa dobbiamo demolire per aiutarli? Si prolunga la vita dei corpi trascurando la salute dell'anima. L'umanità non ha pace, e lei ne è un esempio lampante. Gli uomini vivono in perenne stato d'angoscia, paura, insicurezza, dolore. Queste sono le barriere da sconfiggere, allora sì che l'umanità, che lei dice di aiutare, avrebbe sole a lungo. Di quello che sto dicendo, lei è l'espressione migliore».

«Io le ripeto, faccio del bene all'umanità, checché lei ne pensi» ribadì l'ingegnere. «Regalo ore di sole alla gente, e non mi pare poco. Tutto qui.»

«Che se ne fa la gente del sole quando ha l'ombra agganciata alla vita, infilata nelle ossa, appesa al cuore e vive nel tramonto fin dalla nascita?» chiese l'omino. «Per apprezzare gli astri occorre star bene, in pace, vivere pacifici, altrimenti il sole è come non esistesse. Inoltre, se ho ben capito, lei ha cominciato a liberare il sole innanzitutto per se stesso. O mi sbaglio?»

«A volte» rispose l'ingegnere, «regalando qualcosa a se stessi si fa del bene ad altri. Inconsciamente si aiuta il prossimo.»

«Mi faccia qualche esempio» disse l'omino.

L'ingegnere ci pensò. «Poniamo che io sia un contadino e lei un escursionista. Io falcio il mio pascolo di alta montagna e raccolgo il fieno. Lei, quando passa per salire alla cima, non troverà l'intralcio dell'erba alta. In quel caso, falciando il prato, ho fatto il mio interesse e, nel contempo, ho agevolato il suo passo. O no?»

«In questo caso ha certamente ragione» disse l'omino. «Ma se lei, miliardario, per interesse personale compra una fonte d'acqua dove prima io bevevo gratis e ora che le appartiene devo pagarla, la cosa cambia. Non trova?»

«Se è mia, certo che la deve pagare.»

«Invece no» disse calmo l'omino. «Vi sono cose che appartengono a tutti e devono rimanere di tutti. Non va bene che qualcuno se ne impossessi solo perché ha soldi. E poi rivenderle e fare altri soldi. Chi le assicura che a me non piacesse ammirare quel picco di roccia che ha appena smantellato? Adesso non lo posso più fare, lei me lo ha sottratto. Vi sono casi dove persino la proprietà privata va lasciata in pace a beneficio degli altri.»

«Ora sono io che le chiedo un esempio» proseguì l'ingegnere. «La proprietà privata è privata, non si discute. Che baggianate va dicendo?»

«Le faccio più di un esempio» disse l'omino. «Se lei possiede una villa del Palladio o un quadro di Van Gogh, mica li può distruggere perché sono roba sua. Lei li detiene, ma sono patrimonio di tutti. E, tanto per rimanere sul semplice, torniamo al pascolo che ha appena citato. Io, come ha detto poc'anzi, passo da lì per salire alla cima che lo sovrasta. Ammiro il suo bel prato, pulito, appena falciato. Ma lo ammiro anche con l'erba alta, piena di fiori ed essenze profumate. Un pascolo è bello con la barba che appena rasato. Tutt'intorno le grandi montagne lo esaltano, aleggia una quieta armonia che sprigiona energia pura. Ma se lei quel pascolo me lo sbudella con una strada e lo trapunta di piloni d'acciaio per la seggiovia, ci resto male. E non solo io. Ne conviene? Prima di rovinare una cosa, bisognerebbe chiedersi: "Chi farò star male con questa azione?". E quindi usare cautela. Si dovrebbe mirare al bene di tutti, non infierire nemmeno sulla proprietà privata. Se questo può aiutare qualcuno, è da fare.»

L'ingegnere rise. «Mi sta mettendo buonumore» disse. «Se davvero dovessimo agire come lei propone, uno non potrebbe nemmeno accendersi la pipa. Ci sarà sempre un altro che non è d'accordo, o gli dà fastidio il fumo.»

«Sa bene che non è così» disse l'omino. «Lei esagera a suo favore. E sa pure che si mira a impossessarsi del bene comune per renderlo privato. E dopo farne ciò che si vuole. Si comprano le montagne, come ha fatto lei, l'acqua, la neve, il mare. Io non m'impiccio nelle sue faccende, stia tranquillo, non m'intrigo in quelle di nessuno, mi limito a osservare. Tutto qui. Un giorno, forse, quando saremo vecchi, chissà che non c'incontreremo ancora, magari per dirci poche cose ma giuste. Ora non siamo del tutto in grado di valutare in maniera opportuna. Ho l'impressione che spesso parliamo a vanvera.»

L'ingegnere s'impennò. «Io non parlo affatto a vanvera. Lei sì, a quanto pare. Io dico e faccio solo cose giuste. Almeno per me lo sono. Degli altri non mi occupo. E men che meno dei loro giudizi.»

E così, tra discussioni pacate e battibecchi accesi, l'uno andava avanti a smantellare, l'altro stava seduto a osservare. E scrutare con quel suo aggeggio che sembrava un binocolo. E segnare puntigliosamente chissà cosa sui misteriosi quaderni.

Passarono altri anni, crollarono altre montagne. Nella zona, scossa dalle mine, ci fu più sole alla sera e alla mattina. L'omino continuava a essere presente sui luoghi dei misfatti. Con molta discrezione, osservava, segnava e taceva. E seguitava a dare del "lei" all'ingegnere, nonostante tra i due fosse sorta una certa amicizia. Nei momenti più tranquilli, il demolitore osava chiedere all'omino cosa appuntasse sui quaderni.

«Un giorno lo saprà» rispondeva imperturbabile. «Ora non è il momento.» E chiudeva il discorso.

A volte l'ingegnere lo invitava a pranzi e cene, quando era da festeggiare un picco smantellato. Seppur garbatamente, l'osservatore solitario rifiutava sempre. Si era prefisso la regola: mai andare oltre una sana conoscenza. Si rischia, per affetto, farsi complici di malefatte e soprusi. Meglio non impicciarsi, starsene da parte.

Un giorno il distruttore chiese a bruciapelo: «Mi dica una buona volta cosa appunta sui quaderni. Sono anni che scarabocchia e sono anni che glielo chiedo».

«Impressioni» rispose l'omino. «Impressioni personali, del resto, come non potrebbero essere? Annoto quanta luce e quanto sole ci ha fatto guadagnare. E, devo dire, molta luce e molto sole ci gratificano. Nonostante ciò, i miei reumatismi permangono lo stesso.»

«Il sole non splende per guarire reumatismi o altre malattie. Al massimo abbronza la pelle. Serve invece alla terra, alle verzure, all'erba e alle stagioni. La primavera su tutte. È la primavera più delle altre stagioni che abbisogna del sole.»

A sentirlo parlare, sembrava una persona a posto, molto perbene, e forse lo era pure. Invece era matto e la sua follia stava distruggendo un paesaggio stupendo, un danno senza precedenti. Ma la follia sua da sola non bastava. Occorreva l'avallo di politici prezzolati e senza scrupoli.

La follia non di rado è motivo di interessi enormi. Ad esempio, mentre lui demoliva picchi rocciosi, qualcuno voleva gettare un ponte sullo stretto di Messina. Non era follia quella? Eppure lo volevano fare. E lo fecero. Un'altra follia fu quella di far credere che con quattrocento metri di lamiere gialle avrebbero fermato i mari che invadevano Venezia. E lo fecero. E Venezia seguitava a essere invasa dalle acque. E lo sarà sempre.

Molte altre follie inutili venivano promosse solo per interesse. Non ultima quella relativa a un certo treno che doveva andare molto veloce quando uno veloce c'era già.

Così fece l'ingegnere, che non era peggio degli altri. L'ultima sua trovata fu questa. Mise in piedi un progetto che organizzava pellegrinaggi a piedi, debitamente assistiti, lungo la linea delle demolizioni. Ovviamente con punti di ristoro forniti di ogni bendidìo e guide esperte a spiegare com'era brutto prima il paesaggio. Com'era dopo lo potevano vedere coi loro stessi occhi. Alle guide era proibito fare commenti personali o formulare giudizi critici. Per non suscitare rimpianti negli escursionisti o dubbi sul percorso della memoria. Per chi voleva, se voleva, il piatto era quello, senza ci si dovesse inoltrare nel passato.

«Il passato» diceva spesso l'ingegnere, citando lo scrittore Miloš Crnjanski, «è un abisso fosco e spaventoso. Ciò che è entrato in quel crepuscolo non esiste più e non è nemmeno esistito.» In molti però, facevano quel percorso a testa bassa e in silenzio. Capivano bene, senza scomodare il passato, quel che era successo.

Negli ambienti alpinistici, intanto, era sorta una nuova moda o, se vogliamo, una specie di gara. Individuato il picco che doveva essere abbattuto, i rocciatori si lanciavano di corsa a scalarlo per l'ultima volta. Era come un saluto finale, un commiato all'amico morente in ospedale. Alcuni lasciavano in vetta biglietti d'addio infilati in vasetti di vetro. Li depositavano dentro un mucchietto di pietre, ben sapendo che da lì a qualche tempo la dinamite li avrebbe spazzati via.

Ogni alpinista avrebbe voluto essere l'ultimo sulla punta condannata. Questa era la gara. Essere l'ultimo a toccarla per poter dire: "Io solo conservo questo privilegio". Finalmente nel mondo qualcuno voleva arrivare ultimo. Certi temerari, per ottenere il primato rischiarono forte. Le mine scuotevano la montagna facendo precipitare sassi e frane. Arrampicare sotto i bombardamenti non era semplice. Gli alpinisti, testardi e risoluti, ci provavano. Ognuno voleva essere l'ultimo a conquistare la vetta. Prima o dopo sarebbe crollata e nessuno vi avrebbe più messo i piedi sopra.

Una volta successe questo: un vecchio alpinista di sessantasei anni era salito sul dente roccioso in via di smantellamento. E non era rientrato a casa. Gli amici si allarmarono. Sapevano che ci teneva, voleva essere proprio lui l'ultimo a montare sul becco. Il successo era piuttosto difficile, tutti ambivano a tale primato. E tutti andavano su e giù dal monolite rosicchiato alla base dalle mine. Anche il vecchio alpinista era andato su, ma non era tornato. Di sicuro era tornato giù, visto che quelli saliti in vetta a cercarlo non lo trovarono. Dove poteva essere finito? Setacciarono dappertutto con risultati negativi.

Qualcuno adombrò una fuga volontaria, ma dove? E con chi? Era sempre vissuto solo, non poteva, a quell'età, innamorarsi e fuggire con una fiamma improvvisa. Perché no?, disse qualcuno. Era già successo a qualche vecchietto. Alcuni se l'erano filata con la badante. Bastava avere un po' di soldi. Ma non era il caso dell'alpinista. Certo, poteva capitare che si innamorasse anche lui, tutto è possibile, ma che lasciasse le sue montagne no, non era possibile. Chi lo conosceva, avrebbe messo le mani sul fuoco. Quello voleva morire nel luogo natìo.

E allora, dov'era finito? I soccorritori risalirono alla vetta. Dopo aver cercato bene, trovarono un biglietto infilato tra un mucchio di sassi. Diceva: "Da qui non mi muovo. Lascio il mio spirito su questa pietra. Era la mia montagna, chi la vuol rompere pagherà". Nient'altro, solo la firma. Che intendeva con quelle parole? Che voleva fare? Sta a vedere che tramava far fuori il distruttore di montagne. Bisognava rintracciarlo ad ogni costo, dissuaderlo dall'insano proposito. Inoltre, si doveva avvertire l'ingegnere che rimanesse sul chi vive. Seppur bastardo e spietato, non si poteva farlo uccidere. Alcuni però dissero: «Lasciamo che lo accoppi, è quello che si merita». Altri dissero: «È vero che se lo merita, ma il nostro amico, invece, non merita finire in galera per uno stronzo simile. È per il bene suo che dobbiamo agire, non per la vita di quel bastardo».

Così seguitarono a cercare l'alpinista. Innanzitutto per riaverlo tra loro, in seconda istanza per convincerlo a non fare colpi di testa. Nel frattempo avvertirono l'ingegnere che stesse in guardia. Rispose così: «Io non ho paura di nessuno. Vedete questa decina di operai intorno a me? Sembrano manovali ma non lo sono. Il ferro che maneggiano non è il piccone ma il revolver che tengono sotto l'ascella. E sono armato anch'io». Così dicendo aprì la giacca e fece vedere non la solita pistola, bensì una mitraglietta. «Dite a chi mi vuol far fuori che stia attento lui.» E con queste parole li congedò.

A loro non restò altro che riprendere le ricerche dell'amico. Coinvolsero nell'impresa perfino un programma televisivo il cui compito era trovare persone scomparse. Ma con l'alpinista il compito fallì. Non ci fu alcun segnale né soluzione. Intanto il picco roccioso, rosicchiato alla base dalle mine, crollò con sterminato fragore. Un altro pezzo di dolomiti non esisteva più. In compenso, l'ingegnere avrebbe avuto più sole alla sera. E anche alla mattina.

Era trascorso quasi un anno e dello scomparso non comparve traccia. Gli amici si rassegnarono consolandosi con l'idea della fuga d'amore. Un giorno, due nipoti dell'alpinista aprirono la casa del parente per avere qualche indizio, una dritta, qualcosa che li mettesse sulla buona via. Avevano già effettuato un'ispezione sommaria senza però trovare nulla. Stavolta, invece, spostando un vaso di pietra per metterlo a tenere aperta l'anta, scoprirono il bandolo del mistero. Sotto il vaso c'era un altro biglietto scritto a mano. Diceva: "Mi trovo rifugiato sulla cima che il delinquente sta per demolire. Sono venuto da solo e torno giù in compagnia. In compagnia di lei che sta per crollare. Mi siedo nella grotta che so io, poco sotto la cima nord. Sono già sepolto. Non cercatemi, sarò polvere e la polvere vola via". Ecco dov'era finito l'alpinista. Il biglietto proseguiva sul retro: "Mi levo da questo mondo dove si permette ogni infamia. Ho sentito il dolore dell'annullamento. Non solo della mia montagna ma di tutte quelle che il vigliacco ha distrutto". L'affetto che nutriva per l'ambiente, i monti e la natura intera non gli aveva dato scampo. Di fronte alle devastazioni, di fronte all'impotenza della gente perbene a porvi un rimedio, aveva preferito andarsene. Volle sparire con la sua montagna, e con lui, un altro morto s'aggiunse ai numerosi deceduti durante gli smantellamenti.

In ogni grande opera, sia di costruzione o demolizione, è previsto un tot numero di morti. È un calcolo cinico che viene fatto ancor prima d'incominciare e inserito nel progetto. A volte i previsori errano per eccesso, altre, e sono la maggior parte, per difetto.

In ogni caso non indovinano mai lo zero. Qualche vittima c'è sempre. Nei cantieri dell'ingegnere, fino allora ve ne erano state sedici, cinque in un sol colpo. Morti imputate al fato, ovviamente, non alla fretta o alle scarse misure di sicurezza. Nessuno indagò a fondo, nessuno si spinse al di là di timide inchieste sepolte immediatamente in un nulla di fatto. I soldi comprano la morte e spesso assolvono i causatori di morte.

Intanto l'omino continuava a palesarsi sui cantieri. Ormai l'ingegnere manco più badava a quell'ometto cresciuto poco e male, miope e rubizzo. Lo lasciava presenziare quanto gli pareva e solo ogni tanto, nei momenti di pausa, intavolava con lui qualche chiacchiera. Chiacchiere che spesso degeneravano in vere e proprie discussioni al limite della disputa filosofica ma anche dell'offesa.

Una volta l'omino gli disse: «Si è mai posto il quesito di chi siano le montagne? Ha mai avuto il dubbio che le montagne non siano proprietà sua ma di tutti? Sa, le ha create Dio e Dio fa le cose per tutti».

L'ingegnere sorrise. «Che Dio faccia le cose per tutti ho seri dubbi. E mi chiedo: perché milioni di bambini crepano di fame e altri milioni sono obesi? Perché un'infinità di vecchi decrepiti vivono come vegetali, coperti di croste e piaghe da decubito e milioni di bambini e giovani muoiono di malattie? Se Dio fa le cose per tutti, dia da mangiare a tutti, faccia morire gli ottuagenari e vivere i giovani e i bambini. Non mi ci trovo bene col suo Dio. Infatti mi professo ateo. Però un Dio ce l'ho, anzi sono tre: sole, soldi e salute».

Preso in contropiede, l'omino balbettò: «Lei si sbaglia».

L'ingegnere proseguì: «Allora mi dica una cosa, una sola, che dovrebbe essere di tutti e lo è realmente».

Per la seconda volta l'omino fu messo in difficoltà.

«Glielo dico io» bofonchiò acido l'ingegnere. «La morte e la fame. Ecco quello che è di tutti, il resto è di chi se lo prende. Una volta che il suo Dio ha fatto le cose, non è più padrone lui ma chi se le prende. E di solito se le prende chi ha soldi. Non venga più a cantarle a me. Sa cosa le dico? Il suo Dio poteva, anzi doveva, creare un uomo migliore. Invece ha inventato un mostro, un farabutto senza scrupoli. E io non mi sottraggo a quel destino.»

Spiazzato di brutto l'omino balbettò: «Le ripeto, molte cose del creato sono patrimonio di tutti. E qui mi fermo».

«Lo so» rispose l'ingegnere, «che lo sono; anzi dovrebbero, invece non lo sono. L'acqua ad esempio, non doveva essere di tutti? Ma non lo è più. La fame, al contrario, è di tutti, ma non tutti possono saziarla. Dovrebbero essere di tutti anche pascoli, montagne, mari, pianure e deserti.

Invece no, non sono di tutti. Persino il cielo ha dei confini. Sono chiamati spazi aerei e guai violarli. Il mare idem. Acque territoriali le chiamano. Provi a varcarle con un povero peschereccio, vediamo se ne esce indenne. L'uomo è un vigliacco bastardo, uno che si impossessa, se lo ricordi bene. E io non faccio eccezione. E visto che si cerca le rampogne, le dirò un'ultima cosa. Tra non molto, arriveremo persino a pagare l'aria del respiro. Qualcuno, o più di uno, comprerà l'aria. E poi stabilirà quanti metri cubi al giorno un individuo consuma. In base a quelli, pagherà un tot. Gli sportivi che si allenano e coloro che fanno lavori pesanti consumeranno di più, e di più pagheranno. Il mondo sarà in mano a pochi ricchi. Divideranno il pianeta in zone, ognuno avrà la sua dove far pagare l'aria che i viventi respirano. E lei viene a parlare di cose che sono di tutti! Si guardi intorno e poi mi dica che ne pensa.»

Dopo quell'ultima stoccata l'ingegnere si allontanò lasciando l'interlocutore assai depresso. Mentre spariva dietro una quinta rocciosa, l'omino gli urlò: «Non creda finisca qui. C'è ancora qualcosa che è di tutti e lei nemmeno lo sa».

Sentendosi provocato l'ingegnere tornò indietro e disse: «Sentiamo, mi dica cosa c'è ancora di tutti».

«La vita, la pace, la speranza» balbettò l'omino.

«Lei mi piace sempre di più» disse l'ingegnere, «ha il potere di farmi ridere e non è da tutti. Sono uno che ride poco io. Eppure con lei ci riesco. Mi ascolti bene. La vita, certo, è di tutti. Ma quante vite sono state e vengono annientate dalle guerre? Milioni di vite e ancora milioni in futuro. E con le vite viene cancellata la pace, se lo ricordi. Lo sa meglio di me, dove c'è la guerra non può esistere la pace. Ma ora prendiamo in esame le nazioni dove non vi è nessuna guerra. Lei penserà che in quei luoghi regni la pace, è ovvio. Invece no, nemmeno lì esiste.»

«Come no?» replicò l'omino.

«Le spiego subito» disse l'ingegnere. «Pace non significa soltanto assenza di guerra. Pace significa stare tranquilli. In sostanza, vivere e procreare in ambienti e situazioni nei quali ogni individuo, per quanto concerne la vita pubblica e sociale, possa stare sereno e tranquillo. Lei lo è?»

«Io sì» disse l'omino.

«Falso!» lo rimbeccò l'ingegnere. «Lei mente, altrimenti non sarebbe qui. Lei è qui non per curiosità ma perché soffre. Soffre nell'assistere allo smembramento dei monti. Ergo, pur vivendo in una patria senza guerra, lei non è in pace. E ora le dico di peggio. Da molto tempo ormai, uno si sveglia alla mattina, si alza e, prima ancora del caffè, entra in uno stato d'ansia e inquietudine. Ha paura di qualcosa che aleggia nell'aria. Ha paura delle banche, legali associazioni a delinquere. Di perdere il lavoro, di non trovare un lavoro, della pensione da fame, di sbagliare la dichiarazione dei redditi, del mutuo, degli attentati, della sanità che lo ammazza, dell'Islam, di perdere l'amore...»

Qui l'ingegnere si fermò un attimo indeciso. Forse memore delle sue passate esperienze, commentò: «Sarebbe meglio avere paura di trovarlo, l'amore». Poi riprese il filo del discorso. «Incubo dell'inquinamento, del buco dell'ozono, del ritiro della patente, di Equitalia, delle rapine in casa, della malavita sulle strade, della delinquenza crescente, della violenza gratuita. Vuole che vada avanti?»

«No, no, la prego.»

«E invece vado» disse l'ingegnere. E proseguì. «Le ripeto, uno si alza al mattino e viene afferrato al collo dall'angoscia. Se non proprio angoscia, da una sottile inquietudine. Questo succede tutti i santi giorni e si protrae fino alla tomba. Nei casi più gravi, il malessere perdura anche la notte, visto che i grevi pensieri tolgono il sonno. E se qualcuno, imbottito di tranquillanti, dorme un po' di ore, è solo per fare incubi atroci. E poi altri timori ancora vengono a visitarlo. Ormai si ha paura dell'Europa, che mette il bastone tra le ruote ad ogni seria iniziativa, ad ogni opera intelligente delle persone. Senza contare le preoccupazioni indotte dallo stato, dall'amministrazione pubblica. Regole, veti, pastoie, leggi non di rado cretine, precipitano il singolo individuo in uno stato d'ansia e apprensione perenni. È vita questa? Secondo lei, è pace questa? No, non lo è affatto. Eppure non siamo in guerra, quindi si dovrebbe vivere in pace. Sa cosa le dico? Tutti, ripeto, tutti i cittadini dovrebbero far causa allo stato cui appartengono e chiedere i danni morali nonché fisici allo stesso. Del resto, se questi politici buoni a nulla ma capaci di tutto, collusi con ogni tipo di malaffare, si guardassero allo specchio chiederebbero a se stessi i danni morali. Si sono giocati fino all'ultimo brandello di credibilità, reputazione e dignità. Che cosa crede, che possa fare i miei porcacci comodi per merito di chi? Mio, forse? No caro amico, non è per merito mio ma perché pago loro. Sono farabutto quanto gli altri però almeno ho l'onestà di confessarlo. Io non ho più nulla di umano, sono diventato una macchina.»

L'omino disse: «La coscienza le è rimasta? Se ce l'ha ancora, la usi».

«Ce l'ho» sbraitò l'ingegnere, «ma per il momento l'ho

messa da parte. Ché, devo usarla solo io? Mentre gli altri calpestano il mondo io dovrei mandare avanti la coscienza? Io mando avanti le ruspe, non la coscienza. E quando tutti la useranno, allora anch'io tirerò fuori la mia.» Poi, dopo una lunga pausa, concluse: «Se la troverò ancora».

«Ragionando così, si va verso il nulla, verso l'azzeramento del cuore dei sentimenti» osò dire l'omino.

«Da molti anni ormai, viaggiamo verso il nulla» rispose l'ingegnere, «i sentimenti, salvo in qualche rara persona, sono scomparsi da tempo. Non se n'era forse accorto? Trionfano ipocrisia e falsità. Persino le parole "ti amo" suonano false. Il "ti amo" è diventato un verbo politico, atto a ottenere qualcosa. Oggi si ama con ricevuta di ritorno, il che, converrà, è mostruoso. Sa quanti mi vorrebbero morto, reverendo? Da qui in avanti la chiamerò reverendo per quel suo predicare buonista. Anche a lei, che sembra così mite, qualcuno augura un mezzo accidente. E pregherà perché le accada. E ne godrà fin sotto la pelle. Sa cosa scriveva monsieur François de La Rochefoucauld, nel remoto 1664?»

«No.»

«Ebbene, glielo dico io: "Nelle disgrazie dei nostri migliori amici, c'è sempre qualcosa che non ci dispiace affatto". Questo affermava il nobile uomo di corte che divenne scrittore, e mai sentenza fu più azzeccata.»

«Non metto in dubbio che nel mondo ci sia molto di storto o cresciuto male, ma gli amici veri sono altresì sinceri e non godono del nostro dolore» ribatté l'omino.

«Reverendo» disse pronto l'ingegnere, «vado avanti con La Rochefoucauld: "La sincerità è un'apertura di cuore. La si trova in pochissime persone e quella che si vede abitualmente non è che un'astuta dissimulazione per attrarre la fiducia degli altri". Questa è la realtà. Qualche volta ho l'impressione che lei venga dalla luna.»

«Io posso pure scendere dalla luna» disse pacato l'omino, «ma mi basta vederla nelle sue fasi calanti e crescenti, mi accontento così. Lei invece, da quel che ho capito, viene dal sole ma non le bastava quello che aveva, ha demolito mezzo circondario per averne di più. Tra noi vi sono due differenze fondamentali: io amo la luna e mi accontento, lei ama il sole e non si accontenta.»

«Che logica può avere accontentarsi quando si può avere molto di più?» borbottò l'ingegnere. «Inoltre, perché dovrei essere come lei, non lo capisco. Ognuno è com'è.»

Così conclusero la discussione e l'ingegnere guadagnò di nuovo la quinta rocciosa dietro la quale era scomparso poco prima. L'omino riprese a scrutare col suo strano binocolo e segnare sul quaderno cose che sapeva solo lui.

Un giorno il distruttore era intento a spianare l'ennesima porzione di montagna. La scarica di mine, dalla potenza devastante, liberò una vena d'acqua sotterranea di grande portata. Scaturì di botto, dalle viscere del monte, fredda, che a berne un sorso spaccava i denti. Era limpida e pulita, un'acqua purissima da non lasciar perdere in nessun modo. Infatti non la sprecò.

La comprò subito. Acquistò l'intera parete di roccia dalla quale sortiva il tesoro. Anche questa volta dette ordine ai suoi scagnozzi di agire subito e occuparsi dell'affare. "Scagnozzi" si fa per dire, erano fior di tecnici, geologi, architetti, ingegneri come lui, imprenditori. E se ne occuparono subito. In pochi mesi impiantarono uno stabilimento che imbottigliava l'acqua del monte spaccato e la spediva in tutta Europa. Milioni di bottiglie, pagate a peso d'oro, partivano ogni giorno sui camion.

Nel frattempo l'omino non apparve più sui cantieri tanto che l'ingegnere pensò fosse morto o, più probabile, stanco. In poco meno di un anno, la vendita d'acqua procedeva a onde tumultuose, come un'alluvione, procurando al demolitore carriolate di soldi.

Un giorno, però, l'omino si palesò d'improvviso e affrontò ancora una volta il distruttore con modi gentili e pacati: «Così anche lei, ora, fa parte di coloro che s'impadroniscono dell'acqua per rivenderla? Ricorda la nostra disputa? Mi disse, e l'ho bene in mente, che prima o dopo arriverà qualcuno a comprare l'aria che respiriamo. Per farcela pagare a metro cubo. Potrebbe essere lei quel qualcuno, visto che l'acqua l'ha già comprata».

Preso alla sprovvista, l'ingegnere disse: «Toh! Ecco qua il mio amico. Pensavo fosse morto e, le confesso, un poco mi sarebbe dispiaciuto. Invece noto che sta bene. Dio sia lodato, anche se non credo in lui. Però, devo dire, lei arriva sempre al momento giusto».

«Diciamo che potrei essere la sua coscienza, quella si sveglia sempre al momento giusto» disse l'omino.

L'ingegnere sghignazzò: «Tempo fa le dissi che lei è l'unica persona che riesce a farmi ridere. Oggi, dopo le sue parole, lo confermo. La mia coscienza, dice? Dichiarai proprio a lei che l'ho sepolta da parecchio, messa da parte per tempi migliori. Tempi che ancora non vedo. Di che mi accusa, che vendo l'acqua? Certo che la vendo, e ne vado fiero. Creo lavoro, amico mio, posti di lavoro. Demolisco montagne, vendo acqua e molte altre cose. Do da mangiare a migliaia di famiglie. Lei, oltre a perder tempo col suo binocolo, cosa fa per gli altri?».

«Sono un medico pediatra» rispose l'omino, «curo malattie rare, cerco di salvare bambini gravemente malati. Ma ahimè, non sempre ci riesco.» E aggiunse: «Lo faccio quasi gratis, giusto le spese per sopravvivere. Lei invece, è vero, fa sopravvivere molta più gente di me. Per il prossimo lei fa miracoli, io purtroppo no, devo ammetterlo. Allora dico, vista la sua generosità, potrebbe dare l'acqua gratis, senza lucrarci. Anche questo è fare qualcosa per il prossimo».

L'ingegnere si scaldò. «Devo dirle una cosa, reverendo, non faccio beneficenza a nessuno, sia chiaro. Sono cresciuto in una famiglia dove lo stimolo giornaliero mirava all'educazione e alle buone maniere. Ma, altresì, ad avere il maggior successo economico possibile. Mio padre l'ha ottenuto, ora tocca a me. Avrei potuto collaborare con lui, occuparmi delle sue cave, invece no. Ho voluto, e voglio, liberare il sole dagli inciampi che lo nascondono. Nel fare questo, mi sono apparse sulla strada occasioni che ho colto al volo. Tutto qui.»

«Lei non differisce granché dal suo potente genitore» disse l'omino, «entrambi modificate le montagne al ribasso, le spianate. Non entro nel merito, sono affari vostri. E che affari, mi vien da pensare. Credo però che educazione e buone maniere non siano da rivolgere soltanto ai nostri simili, ma alla natura intera. La terra è una creatura come noi, ha i suoi diritti, le si deve rispetto e buone maniere. Questa è l'educazione. Se un uomo non rispetta la natura, men che meno rispetterà i suoi simili. La sua educazione, il suo garbo, i suoi slanci nobili saranno soltanto di facciata. Ne conosco tanti come lei, sa.»

«Eccolo che mi fa la morale» disse l'ingegnere. «Si svegli, reverendo, il mondo è dei furbi.» S'allontanò qualche passo per andarsene, poi, come scosso da un'idea formidabile, si voltò di scatto e disse: «Anzi, non è dei furbi ma di chi ha soldi».

L'omino replicò: «La terra dovrebbe godere gli stessi diritti dell'uomo. E doveri. In quanto a questi ultimi, essa li compie col maggior zelo possibile. Magari la imitassero gli esseri umani. La terra lavora per noi. Ci dà le stagioni, la frutta, la verdura, il cibo naturale, gli animali. Il mare ci offre pesci, il cielo ci dà aria, pioggia, sole».

«Già, il sole» ribatté l'ingegnere, «la natura ce lo dà a spizzichi e bocconi ma ora sono qui io a rimediare.»

«Ci dà anche l'aria» corresse l'omino, «quell'aria che presto lei renderà privata, come ha fatto con l'acqua.»

«Stia tranquillo» abbaiò l'ingegnere, «l'aria per adesso no, i tempi non sono ancora maturi. Ma, come ebbi modo dirle tempo fa, primo o dopo avverrà. Intanto, accontentiamoci delle altre cose.»

L'omino disse: «Non capisco perché non si gode la vita e la smette di affannarsi tanto. Lei e suo padre siete miliardari e seguitate a produrre miliardi. Sapete che l'esistenza è una sola e non ci sarà la seconda edizione. Trovo folle sprecare l'intera vita a fare ciò che non piace. Perché, mi permetta, non credo che quello che fa le piaccia da morire...».

L'ingegnere rispose: «No che non mi piace. Per me avevo altri programmi. Vivere nella baita a godermi i giorni e il sole per il tempo che restava. Ma la testa, la mia testa non il destino, ha deciso diversamente. Che lo voglia o no, dipendiamo da quel che brama la nostra testa. Lo so che potrei smettere ora, subito, qui, su due piedi. Ma non ci riesco, è più forte della mia forza. Se mi fermassi sarebbe la sconfitta e io, se permette, le sconfitte le evito. Ormai sono eroinomane, drogato dal sole e dall'impresa che mi son prefisso. Non mollerò, stia certo, le faccende vanno portate a termine. E la prego, non mi punti ancora il dito o davvero rischia di diventare la mia coscienza. E io coscienze non ne voglio avere, men che meno una piccola e rotonda come lei».

L'omino concluse: «Stia tranquillo, non la disturberò più. Sparirò per qualche tempo, forse assai a lungo. Vado in America a studiare una nuova cura per i miei bambini. Vorrei congedarmi augurandole buona vita, salute o altre amenità. Invece no, non le auguro un bel niente. Quello che avrà se lo sarà creato lei, voluto e cercato, a testa bassa, annusando le opportunità come un cane da tartufi. Arrivederci a chissà quando, ingegnere, se Dio vorrà».

Così dicendo, l'omino s'allontanò.

Le sue ultime parole aprirono una crepa nel cuore duro del distruttore. L'idea di non vedere più l'interlocutore mite, l'educato detrattore della sua opera, lo fece rimanere male. Con chi avrebbe discusso d'ora in avanti? Chi lo avrebbe fatto ridere visto che l'omino era l'unico a riuscirvi?

Sentì improvviso il peso dell'assenza. Eppure quell'ometto rotondo, rubizzo e ridicolo, non rappresentava nulla per lui. O forse sì, visto che gli dispiaceva non rivederlo. Misteri del cuore, elucubrazioni della mente che un po' lo infastidivano. Lui, l'ingegnere del sole, non poteva, non doveva, permettersi cedimenti di sorta.

Infatti fu solo un attimo di smarrimento, un moto umano

del cuore prima di rituffarsi a testa bassa nella sua opera demolitrice. Da quel giorno l'omino non si vide più.

Ogni tanto l'ingegnere lo ricordava. Non vederlo sui cantieri, a scrutare col suo strano binocolo, un po' lo intristiva. Forse, quella coscienza da tempo messa da parte stava spuntando dalla terra come il musetto di una talpa. Chissà, non è detto di no.

10
Gli occhi del cielo

Da quando l'omino abbandonò la scena, nei cieli delle distruzioni comparvero strani uccelli. Una specie di minuscoli elicotteri grandi quanto un secchio per lavare i pavimenti, muniti di quattro o sei eliche che non facevano quasi rumore. Il nome tecnico li definiva "droni", ma l'ingegnere ancora non lo sapeva.

Questi aggeggi volavano qua e là, come libellule impazzite, a volte molto alti a volte a bassa quota. Ogni tanto, uno di quei cosi piombava giù e si schiantava sprizzando in giro schegge di metallo e plastica. Ma succedeva di rado. Un giorno ne cadde uno piuttosto grosso nei pressi dell'ennesimo cantiere spacca rocce. Per un pelo non investì un gruppo di minatori intenti a preparare la volata delle mine.

L'ingegnere colse l'occasione al balzo per sbirciare finalmente nella pancia sfasciata di quegli strani coleotteri che ogni tanto ronzavano qua e là. Discese la scarpata dove s'era frantumato l'oggetto volante e ne trovò i cocci. Niente di speciale o misterioso: frammenti di plastica, alluminio, forse placche in carbonio, pezzi di motore e parti spiaccicate di strumenti che dovevano far parte del meccanismo telecomandato. Frugando tra i resti sparsi, perse un sacco di tempo senza venire a capo di niente. Del resto, non sperava certo di trovare qualcosa di strepitoso. O un reperto che gli cambiasse la vita. Si imbatté però in alcuni pezzi strani, specie di ogive poco più grandi di una noce dalla forma allungata, con un forellino all'estremità. Non sapeva cosa fossero quei rimasugli, se non che, quando stavano in aria, formavano il corpo delle libellule volanti. Ficcò in tasca una di quelle noci a mo' di ricordo e risalì al cantiere. Appena ebbe occasione di tornare alla baita, posò l'ogiva sulla mensola del caminetto dimenticandola completamente.

Passarono ancora un po' di anni. L'ingegnere ormai filava la sua vita sull'arcolaio dei sessanta. Alla baita ci andava di rado e non certo per godere il beneficio del sole. Non vi entrava neppure. Era la nostalgia che provava ogni tanto, a portarlo lassù. Avrebbe voluto fermarsi definitivamente al nido, ormai invaso dalle sterpaglie, ma il diuturno impegno a demolire non glielo permetteva.

Spesso ricordava le parole dell'omino, che un giorno lo aveva esortato a ritrovare la coscienza e godersi la vita. Parole che lo addolcivano e lo irritavano. Chi era quello sgorbio che si permetteva tanto? Non fosse stato per quei modi gentili, lo avrebbe preso a calci. Eppure, ora che non lo vedeva da tempo, provava una segreta nostalgia. "Dove sarà finito" si chiedeva.

Era questione di attimi, l'impresa di spianamento montagne lo riassorbiva di nuovo e dimenticava tutto. Rare, nella sua esistenza, le finestre dove quell'uomo macchina si affacciava come essere umano. Una di queste era il ricordo dell'omino. L'altra i genitori. Diventati vecchi, avevano chiuso il pugno della vita rimanendo nascosti dentro. Non viaggiavano più. Dimoravano tranquilli in qualche loro villa su consiglio delle stagioni. Mare d'inverno, quando la calca si dileguava, montagna d'estate, quando l'afa rompeva la morsa tra i picchi della frescura.

Il padre mandava avanti le centinaia di cave sparse sul pianeta tramite uno staff agguerrito di fedelissimi esperti. Manco sapeva quanti miliardi aveva accumulato. Nemmeno gli interessava. Viveva aggrappato alla consorte con alcuni rimorsi e molti rimpianti. Era un uomo potente e temuto, cercato da molti, odiato da tutti. Quando spegneva la luce per cercare qualche ora di sonno, scopriva di essere paurosamente solo.

La moglie accanto a lui non bastava ad aiutarlo. Era solo perché era stato un uomo cinico e senza cuore, ora pagava le conseguenze. Lo sapeva, non si lamentava né chiedeva pietà. I ricchi non la chiedono. Men che meno perdono. Guardava la moglie che gli dormiva accanto. Si chiedeva come avesse potuto sposare uno così. Probabilmente perché era come lui. O forse perché lo amava, e aveva chiuso gli occhi. Ormai non importava più. Pensò che le donne, per amore, possono diventare complici di uomini poco perbene. A questi pensieri non s'addormentava. E così, anche per loro il tempo s'accumulò.

Al di là delle statistiche, che vogliono il marito defunto prima della moglie, un mattino la mamma dell'ingegnere non aprì gli occhi. Era spirata nel sonno, a un'ora incerta della notte, senza alcun rumore. Nemmeno un rantolo o l'ultimo sospiro. Aveva ottantaquattro anni. Se ne accorse il marito, sul filo dell'alba, quando s'alzò per affrontare l'indifferenza di un nuovo giorno. La chiamò senza ottenere segnali. La toccò ed era fredda. Allora telefonò al figlio. «Tua mamma è morta» disse il vecchio senza piangere.

«Arrivo» disse il figlio senza piangere. Era molto lontano il ricordo di un pianto.

La fecero cremare, le ceneri sparse davanti la baita del figlio. Il vecchio disse: «Anch'io qui, mi raccomando». E rimase solo, come era sempre stato. Nonostante gli ottantasei anni, rimaneva ancora arzillo e autosufficiente. Il figlio gli piazzò accanto una badante per l'antica regola del "non si sa mai". La scorta vigilava a poca distanza. I coniugi avevano già una cuoca, donna in gamba tuttofare, ma era in là con gli anni, abbisognava di rinforzi.

Messo tutto a posto, l'ingegnere tornò sui monti. Sui monti che rimanevano da abbattere, ché quelli smantellati non erano più monti ma monconi.

Passò l'anno in corso senza altre scosse se non quelle delle mine che facevano tremare i vetri nelle case a fondovalle. Il vecchio patriarca del marmo, come s'è detto, era uomo duro e cinico, ma la perdita della moglie lo spezzò. Si lasciò andare, deperiva giorno dopo giorno finché venne ricoverato in una clinica svizzera. Volò in elicottero con poche cose al seguito. Per rimetterlo in piedi mobilitarono i migliori specialisti. Lo seguirono dodici guardie del corpo che, giorno e notte, stazionavano, come s'è detto, a giusta distanza. Non si sa mai lo rapissero per chiedere riscatto al figlio. Il quale pure viveva circondato da un piccolo esercito in armi. Guardie del corpo, diceva. Nel suo caso urgevano guardie della mente, più che del corpo, ma ahimè, quelle non le aveva assunte.

Gli specialisti tentarono ogni alchimia medica per risollevare il vecchio, ma contro la malinchetudine non esistono farmaci. Dopo tre mesi, il patriarca, l'uomo scolpito nella stessa materia che vendeva, spirò. Funerale privatissimo, cremazione e ceneri alla baita nel punto esatto dove era stata sparsa la moglie. Poche notizie su giornali e TV.

Era un uomo invidiato, di conseguenza odiato, meglio sbarazzarsene in fretta. Con i suoi soldi e il suo cinismo aveva creato il vuoto intorno a sé. Una fossa immensa che nemmeno tutto il marmo da lui estratto poteva colmare. Il figlio, unico erede, diventò padrone dell'immenso impero paterno. Al quale aggiungeva il suo personale. Aveva di che godere e divertirsi. Invece, suo unico divertimento, lo sappiamo, consisteva nell'assistere allo smantellamento dei monti.

Intanto, sui cantieri volavano gli scarabei di carbonio e, bisogna dire, volavano davvero dappertutto. Quei minuscoli elicotteri di varie fogge ormai facevano funzione di postini, fattorini, corrieri e consegnatari a domicilio. Bastava digitare sul telefonino il numero e fare l'ordine, previa aggiunta di indirizzo, e quelli arrivavano con la spesa. Pizza, birra, pranzo, cena, vino e tutto quello inerente al campare.

Il mondo si evolveva al contrario: correva stando fermo. Gli uomini non camminavano quasi più. Ordinavano il necessario al computer e, di lì a poco, arrivava il postino volante con appeso il tutto.

Era un mondo inquietante che partiva con abiti nuovi, lasciandosi dietro gli stracci di quello vecchio. Un mondo fatto di tecnologia spinta al massimo della ricerca atta a creare una vita comoda esente da fatica.

Tuttavia, proprio perché il progresso viaggiava a passi lunghi, a soffrirne più di tutti era la natura. Da lei, infatti, e solo da lei, si estraevano i materiali che sostenevano quello sviluppo schizzato avanti a velocità allucinante.

L'ingegnere, preso dalla follia demolitrice, seguiva distratto la rapida avanzata del nuovo, se non nella misura in cui gli serviva per portare a compimento la sua missione. Vedeva spesso l'andirivieni dei mini elicotteri. Invadevano il cielo delle stagioni, dalle albe ai tramonti. Alcuni ronzavano negli spazi sopra i suoi cantieri ma lui non ci badava nemmeno più. Il suo impegno lo teneva costantemente a testa bassa.

Nel frattempo, il canto delle vette si smorzava, i picchi diventavano matite con la punta spezzata, le nuvole non s'impigliavano più a sbrindellarsi. Però c'era il sole. Ora poteva fare il suo giro libero da molti inciampi. Non da tutti, c'era ancora molto da smantellare e l'ingegnere aveva fretta. Prima o dopo avrebbe chiuso il cerchio.

Ma con il passare del tempo l'ingegnere cominciava a sentire il peso degli anni sommato a quello della stanchezza. Ogni volta che attaccava un picco, lo faceva con rabbia, fretta e furore. Se avesse potuto sfarinare i monti con lo sguardo, in tre secondi sarebbero spariti tutti. Invece, l'impresa titanica esigeva lentezza. Non poteva arrendersi. C'era ancora molto da fare prima di rendere un enorme servizio all'umanità. Che, in parole povere, significava avere sempre sole a una certa quota. Non gli passava nemmeno lontana l'idea che con il suo agire rendeva servizi solo a se stesso e a un gran numero di profittatori. Tutto a scapito della natura, chiaramente, e di fronte a un'umanità distratta, impaurita dalla dittatura politica, che si limitava a guardare.

Un giorno, che era primavera ma il canto dei cuculi non trapelava causa il rombo delle perforatrici, successe un fatto. Arrivò improvviso al nuovo cantiere uno di quegli aggeggi volanti. Si posò come una libellula insolente davanti alla baracca degli uffici. E aspettò. Recava appesa da un lato una scatola d'alluminio. Il modo col quale era arrivato inquietò non poco i demolitori: l'oggetto a quattro eliche pareva avesse un cervello, un'intelligenza tutta sua che lo aveva portato lì. Chi stava dietro la consolle di pilotaggio? Dove si celava il misterioso manovratore? Nessuno poteva saperlo. Eppure quell'affare era arrivato preciso, senza titubanze né ispezioni precedenti. Era lì che voleva atterrare e lì atterrò.

Sulla scatola che portava a tracolla, una scritta perentoria diceva: "Per l'ingegner... tal dei tali". Qui si omette il nome per disprezzo, non certo per occultarne l'identità. Il distruttore ormai lo conosceva mezzo mondo, mezzo mondo sapeva nome e cognome. Gli operai chiamarono il destinatario del pacco volante. L'ingegnere non si fidò. Temeva una bomba. Fece aprire la scatola da un esperto minatore che agì a distanza con una pertica.

Non c'era nessuna bomba ma una busta sigillata. Incuriosito, l'ingegnere la sbregò nervoso. Dentro c'era un foglio con queste parole: "L'anima delle montagne vede e sente. Seppur le inghiottisse l'inferno, esse torneranno. Le montagne, come gli alberi, lasciano semi in terra per poter ricrescere. Torneranno alte e solenni a vendicarsi di chi le ha ferite. Gli occhi del cielo hanno visto. E hanno pianto".

«Il solito cretino» disse l'ingegnere accartocciando il foglio per buttarlo nella scarpata. Riprese il lavoro di accorciamento montagne dimenticando il biglietto molto in fretta. Il drone, come avesse capito che la sua missione era compiuta, d'improvviso ronzò, si sollevò e sparì.

Nel frattempo, i governi delle nazioni si agitavano, si smembravano, naufragavano ancora prima di finire il mandato. Nella terra dell'ingegnere, prendeva il timone della patria gente che non era stata votata. E non una sola volta. Alcuni si ritrovavano padroni di case a loro insaputa. Cardinali potenti, invece, le case se le ristrutturavano coi soldi delle offerte. Non passava giorno senza qualche scandalo. Politici corrotti venivano presi con le mani nel sacco. Altri erano collusi con mafie e malaffare. Tutto per rubare milioni.

«Almeno io lavoro» si giustificava l'ingegnere. Rubo, faccio il ladro di montagne. Quelli fanno i ladri senza faticare.

Uno di questi, noto pugnace ambientalista, non ancora imputato, s'era ficcato in testa di spaccare le scatole all'ingegnere. Voleva fermarlo, interromperne l'opera demolitrice. A capo di una commissione d'inchiesta si recò da lui sul cantiere. Dopo un breve, agitato conciliabolo, l'ingegnere disse: «Torni domani, le farò vedere qualcosa».

Il giorno dopo l'ambientalista tornò. Era balzato all'onore delle cronache per le battaglie ecologiche. Le sue prese di posizione forti e temute – contro le alte velocità dei treni, le trivellazioni dei mari, le discariche tossiche e altro ancora compreso l'operato dell'ingegnere – erano diventate famose. Ma non ne aveva vinta una. Così, forse per riscattarsi, puntò i suoi sforzi sul demolitore di montagne. Fu una mossa azzardata. Non conosceva il tipo. Quando lo ebbe di fronte, l'ingegnere tirò fuori da una borsa un pacco di scartoffie. "Documenti top-secret" recitava una scritta a fronte.

«Riconosce questa firma?» disse l'ingegnere sventolando fogli sotto il naso dell'ambientalista.

La riconobbe eccome e sbiancò. Un paio d'anni prima l'ecologista si era battuto indomito per impedire le trivellazioni al largo di certe isole. In virtù di quelle battaglie, fu votato e mandato in parlamento. Ma nonostante le sue guerre ecologiche, al largo delle isole iniziarono a girare le trivelle.

L'ingegnere stava in silenzio aspettando una risposta. Che non veniva.

Allora ripeté: «La riconosce?».

«Sì» disse l'ambientalista. «È la mia firma.»

«Bene» disse l'ingegnere, «quindi sa anche dove le aveva nascoste queste carte?»

Sapeva. L'ecologista, mentre sul campo predicava bene, dall'altra parte razzolava pessimo: la sua firma, infatti, aveva avallato le trivellazioni al largo delle isole.

«Vuol fare l'eroe» sibilò l'ingegnere. «Amico mio, ha sbagliato bersaglio. La pallottola che ha sparato rimbalza verso di lei e le farà piuttosto male.»

Fece un paio di telefonate e l'indomani, l'ecologo duro e puro finì travolto in uno scandalo a valanga che lo seppellì. Non solo aveva avallato le trivelle, per farlo s'era riempito di soldoni, che i petrolieri gli avevano generosamente elargito. Mettersi contro l'ingegnere era rischioso. Significava mettersi contro il potere politico, un cancro planetario che decideva tutto e aveva le mani in pasta con ogni tipo di mafia e malaffare.

Sempre più spesso, molti venivano presi con le mani nel sacco. E tutti si dichiaravano innocenti. Anzi sereni. «Sono sereno, confido nella magistratura, la verità verrà a galla» questo dicevano. Mai che ne finisse uno in galera. O pochi. Allora delle due una: o la magistratura era fatta da un branco di inetti, oppure li prendevano ma non riuscivano a metterli in gattabuia. Pareva desse fastidio il lavoro dei pubblici ministeri. Si voleva non tanto la certezza della pena, ma l'incertezza del reato. Per mettere confusione, tirarla lunga e, alla fine, insabbiare tutto.

Molti casi di ladroni politici erano finiti nel nulla, dimenticati appositamente. Eppure bastava soffiare sopra e dalle braci dei loro reati sarebbero divampati incendi.

Non passava giorno senza uno scandalo dove il politico di turno era immerso fino al collo. Qualcuno, raro come mirtilli bianchi, si dimetteva, ma il grosso degli inquisiti si proclamava innocente. Tutti, peraltro – ministri, segretari, presidenti e portaborse – percossi da scandali e accuse, si dichiaravano sereni. Un ministro si dimise per storie di trivelle e petrolio. Altri sono in via di dimissione, non certo d'estinzione, poiché ritorneranno. Come soldi sporchi di mafia, lavati e candeggiati da istituti compiacenti, molti di questi lazzaroni, passata la bufera, ecco che appaiono di nuovo. Con incarichi e mansioni ovviamente.

La meglio società, quella fatta di gente onesta, laboriosa e per certi versi ingenua, era stata rovinata, mandata sul lastrico da banche che altro non erano se non associazioni a delinquere. E questi cialtroni, padroni delle banche, arroganti, spocchiosi e potenti, andavano ai talk show e volevano darsi ragione. Alla fine delle loro farraginose, insopportabili elucubrazioni, pareva fosse il correntista l'autore della sua rovina.

L'ingegnere, acuto osservatore di questa società andata a male come frutta marcia, era fiero del suo operato. Rispetto ai talenti del malaffare che vedeva in giro, molti in combutta con lui, si reputava un dilettante. E così procedeva imperterrito nello smaltimento di rocce affinché il sole facesse il giro senza inciampi. Ormai tutto il mondo conosceva quella immensa opera demolitrice. Per questo molti curiosi apparivano sui cantieri a "spiotare".

Un giorno s'avvicinò al distruttore un uomo anziano, alto più di due metri, coi capelli candidi e la voce profonda e calma. Parlava un perfetto inglese e anche spagnolo, francese e tedesco. Affrontò l'ingegnere con garbo ma assai determinato. Si presentò così: «Mi chiamo Francisco, sono uno scrittore cileno, vengo da Quemchi, alla fine del mondo. Prima di scrivere romanzi, ho fatto altro. Sono stato pastore, cacciatore di balene, contadino, cercatore di petrolio, pescatore. Insomma, sono stato tante cose prima di fare lo scrittore».

«Bene» proseguì l'ingegnere, «e allora? Che c'entro io con la sua vita? Mi dica cosa vuole o, almeno, che posso fare per lei.»

«Non deve fare niente» rispose l'omone, «solo ascoltarmi un poco. Sono venuto per vedere di persona l'uomo che ha deciso di spianare la via del sole. Sa, vorrei cavarne una storia giacché la vicenda ha in sé qualcosa di allucinante.»

«Faccia quello che le pare» disse l'ingegnere, «poco importa ormai. Su di me è stato scritto di tutto e di più. Sappia una cosa però: se vuole il mio via libera, dovrà concedermi una percentuale sulle vendite. In questo non transigo. Per il resto non m'interessa cosa metterà sulla carta. Peggio di quel che è stato scritto su di me, nemmeno lei riuscirà a inventarlo.»

«Posso dirle una cosa?» sussurrò il vecchio.

«Certo, dica pure.»

«Lo sa che se va più in basso di dove siamo, cioè se cala anche di poco verso valle, oppure va in fondo, dove ci sono i paesi, il suo lavoro risulterà un colossale fiasco? Laggiù il sole tocca ancora le montagne, sia nel levare che nel tramonto. Ha lavorato per niente.»

«Io» rispose l'ingegnere piccato «non sono uomo da stare in basso, lo tenga bene a mente. Rimarrò in alto, sopra tutti gli altri, fino al termine dei miei giorni. Per me, e badi bene solo per me, il lavoro svolto finora è un grande successo, oltre che un'opera senza precedenti.»

«Alcuni anni fa, lessi una sua dichiarazione nella quale affermava di rendere un servizio all'umanità. Smantellando le montagne avrebbe regalato più sole a tutti. Sì o no?»

«Perché, non è forse così?» ribatté l'ingegnere.

«È così, certo» disse il vecchio, «ma a quale umanità? Glielo dico io. A quella di alta quota, che vive sopra una certa linea d'altitudine. Mi creda, uno studio recente rivela che non sono poi molti coloro che stanno sopra la linea fortunata.»

A queste parole l'ingegnere si scaldò. «Senta nonno, ho intrapreso quest'opera innanzitutto per me stesso, questo deve essere ben chiaro. Fin da bambino volevo avere il sole addosso. Se per ottenerlo altri potranno cavar beneficio, tanto meglio. Le faccio un esempio. Lei taglia un bosco per vendere la legna e guadagnarci. Dopo l'abbattimento delle piante, la casa del vicino riceverà più sole, più luce, meno umidità. Insomma, avrà tante cose a favore. Comunque, tornando al discorso di prima, io sono uno che non va mai in basso, che non s'abbassa e, soprattutto, non pensa al ribasso. E, per chiudere con una battuta, le dirò che nemmeno lei è un uomo basso.»

«La grandezza» disse il vecchio «non si misura dal basso verso l'alto né viceversa. Abbassarsi comporta umiltà, chi lo fa è intelligente, sensibile e saggio. Tutti prima o dopo roviniamo a terra. Con la differenza che se uno cade dall'alto fa più rumore. E si fa più male.»

Detto questo, il grande vecchio scattò un paio di fotografie e si congedò con una stretta di mano. Prima di girare i tacchi disse: «Risparmi qualche picco roccioso dove ancorare la barca delle nostre ultime speranze».

L'ingegnere rispose: «Gli uomini si sono presi tutto: il cielo, la terra, il mare, la luna, il sole, i deserti, le campagne».

«Lei s'è preso le montagne» disse il vecchio «e le ha tolte di mezzo.»

«Io le ho tolte. Altri, lasciandole al loro posto, le hanno insozzate, inquinate, rovinate, abbruttite. Come mio padre. Estirpandole, le ho pulite e non mi sembra poco.»

Il vecchio se ne andò senza commenti. Quando morì a novantadue anni, tra le sue carte trovarono una bozza di romanzo dal titolo emblematico: *L'idiota in azione*. Ricordava un po' Dostoevskij. Nel suo libro, infatti, anche l'anziano scrittore cileno raccontava come un individuo cercasse una via di libertà attraverso il denaro necessario ad attuare il suo sogno. Vagamente poteva rammentare il generale Epancin de *L'idiota*.

Trascorsero altri anni. Il demolitore umano stava invecchiando. Eppure, nonostante gli acciacchi prodotti dallo stress di vincere sempre e dovunque, non cedeva né si ritirava dal progetto. Ricevette innumerevoli visite sui cantieri. Persone importanti e mezze tacche, figure misere e stazze imponenti, ricchi e poveri, barboni e re. Tutti volevano vedere l'uomo delle macellazioni. Molti ambivano a una foto con lui, ma era molto difficile. Gli scagnozzi vigilavano, qualche saggio poteva ucciderlo.

Col passar del tempo, l'ingegnere non ricordò nessuno di quei seccatori giornalieri, nemmeno i più blasonati. Neppure un volto restò nella sua mente. Degli altri, gli fregava zero. Fosse stato papa o presidente del mondo, qualsiasi uomo per lui non esisteva.

Ci fu, però, qualche donna. Quand'era più giovane, calava dai cantieri ogni tanto per brevi incontri con femmine a pagamento. Questo dal giorno in cui la sua grande storia d'amore aveva fatto *puff* e a nemmeno trent'anni si era rifugiato sui monti.

Un solo uomo ricorreva spesso nei suoi pensieri. Ultimamente sempre di più. Era l'omino rubizzo col binocolo e gli occhiali spessi e i quaderni scarabocchiati. "Chissà dov'è finito?" si domandava ogni tanto. "Forse è morto."

Un po' gli dispiaceva ma non sapeva di preciso perché. Avrebbe desiderato rivederlo, almeno una volta. L'amicizia poteva essere quella roba lì: il sentire nostalgia per un omino insignificante, mite, che di potente aveva solo il binocolo.

Non pensava più nemmeno alla sua tecnologica baita-chalet: invasa da erbacce e ortiche, soffocata da alberi cresciuti in fretta e arbusti aggressivi, era diventata quasi invisibile. Paradossalmente creata per godere il beneficio del sole, della luce e dello spazio, dopo anni d'oblio stava completamente in ombra. Nascosta a tutti, per tutti i giorni dell'anno in tutte le stagioni, essa ormai dormiva. Aspettava.

Il mondo gira strano, quando un sogno si è avverato ne appaiono altri indaffarati a smontare il primo. Acconsentire alla vita di compiersi appena quel pochino per vivere tranquilli potrebbe essere la formula buona. Accontentarsi è campare senza perdere un solo giorno di tempo sperando che tutto vada bene. Sognare aspettando, senza realizzare. E quando ci sarà lo scacco finale, con un sospiro ultimo di sollievo, poter dire: "Non ho perso tempo in cose inutili. E se ne ho perso è stato molto poco".

Questi pensieri manco sfioravano la mente dell'ingegnere. A chi gli faceva notare che stava annientando un paesaggio a tutto tondo, rispondeva: «Io distruggo montagne, altri distruggono vite. Uccidono persone. Non una, milioni. Guerre, genocidi, odi razziali, lager, rivoluzioni. Cosa hanno fatto se non sterminare essere umani? Montagne di essere umani. Mari pieni di esseri umani. Io sono dei meno peggio. Oso dire il migliore, in confronto a quelli. Innanzitutto rispetto gli altri, e non è poco di questi tempi. Non sono un santo da altare ma appena sotto».

Si difendeva bene, l'ingegnere. Qualcuno gli obbiettava che gli altri si rispettano meglio non sfasciando quel che è di tutti e quindi anche loro. Al che, l'uomo di pietra, senza adombrarsi come un tempo, rispondeva serafico: «Il bene di tutti è solo la vita, il resto appartiene a chi lo può comprare. E non di rado è acquistabile anche la vita».

Era così, bastava guardarsi intorno per non avere dubbi. Pagando bene si poteva mandare un killer a uccidere qualche rivale. L'ingegnere radeva al suolo il paesaggio, è vero, ma lo faceva in maniera visibile, eclatante, sotto gli occhi di tutti. Quanti, come lui, eliminavano ogni giorno lembi di natura, in segreto, rimanendo nell'ombra, discosti dagli occhi di tutti.

Pensiamo a quelli che scaricavano nelle valli del sud tonnellate di rifiuti tossici avvelenando falde acquifere e terreni. O quelli che inquinavano i mari sversandovi di tutto: avanzi di petrolio, acidi sputati da fabbriche mortifere, scorie che erano cianuro, schiume di segrete lavorazioni. Silenziosamente, altri inquinavano fiumi, torrenti, ruscelli e via dicendo, fino all'ultimo rigagnolo di acqua pura. E l'aria? Era ancora pura quella? No. In vaste zone della terra si respiravano gas, non ossigeno. La gente si ammalava, moriva. Mica facevano rumore gli autori di tutto questo. Il loro rosicchiare la natura non era segnalato dai rimbombi delle mine a cielo aperto. Nemmeno da ruspe, escavatrici, camion o altri mezzi rumorosi.

Quei tarli umani lavoravano metodici alla distruzione del mondo nell'indifferenza delle nazioni, nell'ignoranza della gente comune, nell'assenza di leggi severe. Soprattutto con la tacita complicità dei preposti alla vigilanza.

Il nostro demolitore non era altro che uno dei tanti. Su questo non si poteva obbiettare nulla. Solo annotare che molta umanità si ingegnava alacremente a rovinare il mondo senza che nessuno vi si opponesse sul serio. Nemmeno i potenti, quelli veri, che ogni tanto si riunivano qua e là, lo facevano. Dicevano di farlo ma non lo facevano. I "bla bla" di protezionisti, ecologisti, salvaguardisti e tutori di terreni, sbandierando colori pittoreschi non raggiungevano alcun risultato. O molto pochi. Lo dimostrava il fatto che da più di trent'anni l'ingegnere mozzava le teste alle montagne e niente e nessuno era riuscito a fermarlo.

Intanto nell'aria volavano i droni, misteriosi elicotteri dai ventri ronzanti, a portare i prodotti in casa della gente. Chissà se quegli occhi sospesi nel cielo vedevano e sentivano il brulichio del mondo là sotto, compreso il frastuono dell'ingegnere, sempre impegnato sui picchi rocciosi.

11
Io sono il male

Il demolitore di montagne, forse stanco di sovrintendere ai lavori, un giorno si ricordò della sua baita. Fu come tornare indietro al tempo della drastica scelta, quando voleva chiudere le porte del mondo.

Di punto in bianco decise di andare qualche giorno là. Almeno per rendersi conto se la casetta stava ancora in piedi. O magari, come voleva l'andazzo del tempo, fosse occupata da qualcuno. Si sentiva spesso di persone uscite a fare la spesa che al rientro si ritrovavano in casa estranei intenti a cenare. Scardinavano la porta, in un baleno cambiavano serratura e la casa era loro. L'ingegnere lo sapeva. Leggeva i giornali e guardava la TV sul telefono, si teneva ben informato. E teneva informato il benessere dei suoi operai.

Per loro, nei cantieri dove campava ormai da quasi quarant'anni, faceva montare casette di legno che erano villette. Per lui e gli altri dirigenti le abitazioni erano più eleganti, assai lussuose, sempre in legno. Tutte dotate di ogni comfort.

L'ingegnere si documentava sul telefono, sapeva tutto. Sapeva pure che se avesse trovato la baita occupata, i suoi scagnozzi ci avrebbero messo poco a sgomberarla. Quando non sparavano, quelli picchiavano duro.

Ma la baita era libera e tutto filò liscio. Però, se vogliamo, si può dire lo stesso che era occupata. Invasa da alberi, arbusti, cespugli, ortiche e rami caduti dalle piante nel corso degli inverni, stava scomparendo alla vista. L'abitava gente che non faceva rumore, non sfondava porte. Semmai le fasciava. Il tutto, nel paziente, misterioso silenzio del tempo che sui monti tace di più.

Non appena vide le condizioni dell'antico nido, l'ingegnere ordinò che tutto venisse ripristinato al più presto. La baita doveva riprendere subito il primitivo splendore ed essere perfetta. Una squadra di boscaioli si occupò degli invasori vegetali mentre altri esperti rimettevano in ordine gli interni. Le scandole del tetto – che in realtà erano pannelli solari – intatte, salde e ancora efficienti, provavano l'indubbia abilità dei tecnici che le avevano messe in opera. Ormai imperavano i tecnici, i formidabili artigiani di un tempo, maestranze dal virtuosismo inimitabile, gente che usava le mani sul legno e sulla pietra creando miracoli, non esistevano più. Quella gente era scomparsa. Eliminata con poca attenzione dalle istituzioni che preferirono la tecnologia robotica al vecchio e obsoleto artigianato manuale.

Nel nuovo millennio si creano oggetti a velocità supersonica, roba resistente, bella, indistruttibile ma falsa, fredda e finta. Ad esempio le scandole di larice che coprono i tetti alle case di montagna, mandando odor di resina alle narici. Le si possono ammirare anche oggi nelle ville dei luoghi famosi, dove la neve cade firmata. Sembrano perfette, legno stagionato, rosse come il cuore dei larici, dritte e rifinite, spesse tre centimetri. A guardarle uno scommette la casa che sono vere. Invece sono plastica, imitate alla perfezione, una uguale all'altra, secondo i modelli. Non si torcono, non imbarcano, sono indistruttibili, durano secoli. Solo prendendole in mano ci si accorge che sono finte. Ma bisogna avere una certa età, aver guardato un po' di legno, altrimenti si reputano vere. I giovani, infatti, le credono tali. Vengono sfornate a raffica da macchinari complicati, come una mitragliatrice che spara proiettili.

La materia in quel nuovo millennio veniva lavorata velocemente da sofisticati robot tuttofare. Il lavoro era modernizzato al massimo. I boscaioli non esistevano più. Al loro posto agiva un solo uomo, di solito giovane. Per radere al suolo un bosco intero stava seduto in disparte, su una specie di mostruoso trattore, maneggiando un joystick. Pareva intento a un videogioco invece faceva sul serio. Con una levetta di pochi centimetri, comandava quel macchinario d'aspetto lunare come niente fosse. L'aggeggio segava una pianta, la sramava, la scortecciava, la tagliava a misura giusta (4 metri e 30 cm) e la caricava sul camion. Il tutto a velocità sbalorditiva, in pratica pochi minuti.

Questo era il mondo che circondava l'esistenza e l'opera del distruttore. E quando si difendeva dagli attacchi, un po' di ragione l'aveva. Non era solo lui, infatti, a devastare vasti pezzi di natura. E se veniva biasimato e disprezzato, come sovente capitava, rispondeva così: «Io sono il male, voi siete il giardino pulito pieno dei fiori buoni: rispetto, saggezza e giudizio».

Col tempo ci prese gusto nel definirsi un essere spregevole e negativo. Non mancava occasione, nemmeno la più seria o ufficiale, nella quale non si presentasse in questo modo: «Piacere, io sono il male, voi?». Quelli, sconcertati, si dichiaravano balbettando.

In poco tempo, nemmeno un mese, la baita-chalet riprese il suo antico e mai sfruttato splendore. Ogni tanto, a differenza degli anni passati, l'ingegnere tornava al nido romito. Soltanto se era una bella giornata di sole. Da lassù poteva ammirare la sua opera ruotando la testa come un gufo reale. Era quasi soddisfatto, aveva divelto inciampi, creato spazi, liberato cielo. Vedeva il sole fare il suo giro senza trovare ostacoli. Soprattutto d'autunno e primavera.

Ma c'era un "ma". A levante e ponente alcuni ultimi roccioni solitari ancora disturbavano la sua visione! Ma erano pochi, resistevano pur sapendo che avevano vita breve.

Le mine rimbombavano là intorno. Il loro stare in piedi da milioni di anni era agli sgoccioli. L'ingegnere sarebbe apparso di lì a poco brandendo la mazza della follia per spezzargli le gambe e farli crollare.

Intanto, dalla porta dell'inferno, la voragine senza fondo che catturava migliaia di turisti, giungevano notizie. La richiesta pressante dei visitatori era di poter scendere qualche metro nel foro e scrutare dal di dentro le viscere della paura. Dal momento che questi pagavano bene, l'ingegnere si attivò immediatamente. Fece costruire una lunga scala a chiocciola, d'acciaio, che scendeva lungo le pareti per sessantotto metri. Era il numero dei suoi anni. Aveva in progetto di allungarla un metro per ogni anno che passava e s'aggiungeva alla sua vita.

La possibilità di visitare l'interno della foiba fu un successo senza precedenti. Per andare giù serviva indossare mascherine apposite causa i miasmi che, seppur attenuati nel tempo, ancora sortivano dal pozzo senza fondo. Giorno dopo giorno, la coda dei curiosi s'allungava a dismisura. Tutti volevano scrutare l'entrata dell'inferno e non s'accorgevano che all'inferno c'erano già.

L'inferno sono gli uomini, le loro esistenze ipocrite, le loro gelosie, cattiverie, vendette. La ferocia che palesano in tante occasioni e che alla fine travolge loro stessi. Tutto questo forse non lo sapevano o forse sì. Comunque pagavano e andavano giù a vedere con gli occhi increduli quella voragine infernale che pareva non avesse mai fine.

E così, sul patrimonio sterminato dell'ingegnere, a soldi s'accumulavano soldi.

Per gestire meglio quella immensa fortuna ottenuta assieme al padre, fondò un paio di banche. Che funzionavano a gonfie vele. Come un meccanismo ben oliato, anch'esse producevano denaro. Soprattutto speculando su quello altrui e sovente truffando il risparmiatore. Insomma aveva non poca ragione nell'affermare che lui era il male. Ancora non aveva capito, o non voleva capire: il male, quello che non ci fa dormire, che ci precipita nel dolore dei rimorsi e dei rimpianti, quello che ci fa maledire d'aver sprecato l'unica esistenza che abbiamo, era un'altra cosa. Lo avrebbe scoperto in seguito ma occorre andare per ordine.

Col passar degli anni, l'ingegnere era diventato astioso, scontento e irascibile. Eppure aveva tutto. Forse non gli bastavano più i beni terreni e questo lo infastidiva. Avrebbe dovuto cercare nell'anima qualche soldo di gratificazione ma era difficile. Aveva sempre affermato che di anima non ne aveva più. E se qualche briciola era rimasta, chissà dove stava nascosta. L'unica, breve soddisfazione, peraltro ormai tarda, era rimanere mezza giornata davanti alla baita a scrutare la via del sole. Qualche ora soltanto poi di corsa ai cantieri, a seguire un'altra via, quella dello smantellamento.

Una volta, quando la primavera stava fuggendo e i cuculi ancora cantavano tra gli scoppi delle mine, l'ingegnere decise di trascorrere una notte alla baita rifiorita. Pensare che all'inizio dell'avventura aveva creduto di passarvi l'intera esistenza. Invece non vi era rimasto che il primo anno o poco più. Ora che la sua vita stava tramontando dietro la montagna della vecchiaia, aveva forse intuito che nessuna dinamite poteva sbriciolare quella montagna. Allora, dopo quegli anni di abbandono, per avere una notte tutta sua, decise di dormire lassù. Segretamente voleva scoprire quali ricordi sarebbero venuti a cercarlo. Il sole tramontò e invece dei ricordi venne la sera.

Per seguire l'astro nel suo giro, l'ingegnere ruotò il perno della testa come un gufo reale. Scoprì, ma già sapeva, che c'era ancora un picco dietro il quale il sole andava a nascondersi. L'opera non era terminata, il cerchio ancora non si chiudeva. "E allora avanti" pensò, mentre sorgeva la luna da una gengiva di montagna il cui dente era stato demolito molti anni prima.

A quel punto, il distruttore entrò in casa, si buttò nel letto e cercò una polvere di sonno in mezzo al tumulto delle emozioni. Dormire nella baita dopo lunghi anni d'assenza scuoteva anche un cuore arido come il suo, indurito dal pragmatismo e dai soldi. Che non spendeva, quindi non godeva, essendo totalmente impegnato nella missione suicida.

E così, mentre la luna lo salutava passando davanti ai vetri, s'addormentò. Forse stava ritrovando un po' di anima, chi può saperlo. Ma prima di chiudere gli occhi, ricordò la guida cui il padre lo affidava quand'era piccolo. Rammentò la domanda impertinente che rivolse al maestro tanti anni prima: «Cosa c'è di più bello del sole?». «La luna» aveva risposto senza esitare il vecchio.

Ora, nel suo letto alla baita, tra monti dimezzati e fitti boschi, si domandava: "E se avesse avuto ragione quell'uomo anziano e taciturno? No" si rispondeva, "il sole è molto più bello e utile della luna, non vi erano dubbi".

A una certa ora della notte, l'ingegnere si destò di soprassalto scosso da un sogno pauroso, un incubo che lo lasciò tramortito. Era steso su un prato di fitta erba giallastra, appassita e schiacciata in terra come dopo il disgelo. Tutt'intorno creste solitarie e vette mozzate come le penne degli alpini caduti in guerra. Ad un tratto vide qualcosa avvicinarsi. Un'ombra scura, enorme e barcollante avanzava a grandi passi verso di lui. Era un albero. Un colossale faggio camminava sulle radici e gli andava incontro deciso, seppur con andatura incerta.

Quando fu sopra di lui, sembrò piazzarsi bene a gambe larghe prima di ghermirlo con le radici avvinghiandolo in tutto il corpo. Quelle ramaglie contorte e nere che erano radici gli entravano nel petto, nella pancia, nelle braccia. Lo trivellavano dappertutto procurandogli un dolore insopportabile. Una volta che ebbe invaso l'intero corpo dell'ingegnere, l'albero piegò la cima e tuonò: "Tu dici di essere il male, invece sei solo stupido. Stupido, ambizioso e cattivo. Il male non è questo. Nemmeno la cattiveria lo è. Sono io il male, te ne accorgerai presto".

Con un filo di voce l'ingegnere balbettò: "Non puoi essere il male, un albero è vita, non il male". "Non sono albero. Posso sembrare ma non è così. Io sono il male con radici profonde, impossibili da estirpare. Gli uomini, invece, sono soltanto cattiveria, invidia, ferocia e tradimento. E tante altre cose. E mai cambieranno. Solo la morte li paralizza fermandoli per sempre. Io sono il male che mette radici nel corpo degli uomini."

Detto questo, lo strano albero si buttò sopra l'ingegnere che, sentendosi soffocare, si svegliò. E capì l'origine del senso di soffocamento: rivoltandosi nell'incubo, s'era infilato tra la parete del letto e la branda fatta di doghe. Riprese subito fiato e serenità ma quel sogno orrendo lo lasciò parecchio turbato.

L'indomani tornò a occuparsi dei cantieri di smaltimento, con il fermo proposito di tornare alla baita. Non immaginava che vi sarebbe tornato ancor prima del previsto. Passarono altri giorni che, sommati, formarono mesi. Ma non molti. L'ingegnere cominciò a sentirsi stanco. Provava spesso senso di nausea, mancanza di fiato e non era più dinamico come un tempo. Ormai s'avvicinava ai settanta e pensò, con molta convinzione, che erano avvisaglie dell'età. Non ci badò oltre e seguitò a demolire.

Ma i sintomi non s'attenuavano. Allora decise di prendersi un periodo di riposo alla baita. Fece fornire la dispensa con ogni bendidìo. Lasciò a tecnici e ingegneri la conduzione del lavoro e partì.

Era il mese d'aprile, su nel nido tra i boschi c'era un po' di neve. Cantavano i cuculi, le foglie ancora arricciate tentavano di srotolarsi ai primi tepori. Da lassù, l'ingegnere udiva i rombi delle mine che demolivano le ultime punte di roccia, ostacoli alla via del sole. Era contento. Riprese in mano alcuni libri che ricordava, lesse qualcosa. Ma, più di tutto, rimaneva seduto all'aperto a seguire il cammino dell'astro nel cielo. Tranne alcuni picchi minori, non toccava più nessun ostacolo. Poteva essere soddisfatto. In tutti quegli anni era riuscito nell'impresa di liberare l'orizzonte da quelle guglie rompiscatole.

Mentre faceva questi calcoli, si rese conto che di lì a un paio d'anni avrebbe compiuto settant'anni. Si impressionò. Erano parecchi. La maggior parte dei quali impiegati a demolire! Un cuculo cantò sulla punta del larice, distogliendolo dai suoi pensieri. Ricordò che doveva far cena. Ma, finché il sole non scomparve dietro l'ultima fettina di roccia là in fondo, non rientrò. Poi cucinò un buon pasto ma quasi non toccò cibo. Aveva pochissimo appetito, per non dire niente.

Allora lasciò perdere e si mise a leggere. Afferrò un vecchio libro di Erri De Luca portato lassù assieme a tanti altri quasi quarant'anni prima. Era *Montedidio*. Tanto per non uscir di tema, ricorreva la parola "monte". Lesse poche pagine che peraltro ricordava. Poi, a casaccio, ne abbrancò un altro. Era uno degli undici volumi de l'*Hagakure*, codice di comportamento scritto nel 1700 da Jōchō Yamamoto, un vecchio samurai. Aprì a caso una pagina, come faceva da giovane. Amava, da giovane, puntare il dito su una pagina aperta a caso e leggere. Stavolta gli toccarono le seguenti parole: "La vita umana non dura che un istante. Si dovrebbe trascorrerla a fare quello che piace. A questo mondo, fugace come un sogno, vivere nell'affanno facendo solo ciò che dispiace, è pura follia".

Rimase fermo a pesare quelle frasi. A pensare, soprattutto. Si domandò: "Ho io fatto quel che mi piaceva?". Prima che i dubbi sorgessero nella sua testa, sorse la luna piena che li fugò. Guardò quello scudo di rame, tondo, perfetto, lucente. Per la seconda volta pensò che era bella anche lei. «Non come il sole» disse forte. Ma la guardò passare davanti ai vetri, lenta e amica finché non sparì dietro l'angolo della finestra. Fu come l'avesse vista solo allora. Anche la luna spariva dietro qualcosa. Ancora una volta si addormentò guardandola sfilare nella sua remota, silenziosa bellezza. L'ingegnere quella notte non sognò. Forse non c'era più niente da dire, né da sognare.

12
Svolta

Trascorse un mese alla baita senza nessuno tra i piedi. Fu il mese più bello della sua vita. Non ricordava momenti così, anche perché non li aveva mai cercati. Leggeva e guardava il sole di maggio percorrere la via del cielo. Mangiava poco. Preda di una quieta malinchetudine, che spesso sfociava in tristezza, cucinava di rado. Il cibo non gl'interessava proprio. Un tempo era buongustaio, e ora? Ora non aveva appetito.

Spesso rifletteva sul perché non avesse trascorso più tempo alla baita. C'era da demolire i monti, è vero, ma diamine, almeno qualche giorno! Per un istante metteva in dubbio l'intero suo operato. Poi la logica ripigliava il sopravvento e l'ingegnere tornava gelido e calcolatore come sempre.

Intanto quel malessere, che sovente mutava in spossatezza, iniziò a manifestarsi sempre più spesso. Ma, non sentendo alcun dolore, né sintomi particolari che potessero allarmarlo, non ci badò.

A debita distanza, sistemati in box provvisori, continuavano a vegliare su di lui quattro scagnozzi armati fino ai denti. Gli altri quattro erano rimasti giù. Ma, per ottemperare alla saggia cautela del "non si sa mai", l'ingegnere viaggiava armato pure lui. Un revolver sotto l'ascella, o una mitraglietta, a seconda delle necessità. Nella baita aveva pure due automatici calibro dodici, carichi. Uno in cucina, l'altro in salotto. Non sarebbe successo niente, ne era certo. Comunque stava sull'avviso, sempre per la cautela di cui sopra.

Passò quel tranquillo mese di maggio e l'ingegnere notò che stava dimagrendo. Perdeva peso a vista d'occhio. S'assottigliava di muscoli, la pelle cadeva vuota. Se ne accorse una sera guardandosi allo specchio. Volto flaccido, guance scavate, occhio impaurito. Le cosce erano magre. Imputò il calo di peso al poco cibo che ingeriva. Ma, rifletté, non era una sua scelta bensì mancanza d'appetito. Si preoccupò. Non tanto del dimagrimento quanto del pallore diffuso e permanente che pennellava il suo volto. E poi la spossatezza e quel sudore freddo che verso sera gli inumidiva la schiena.

Alla fine, prima di tornare ai cantieri, decise di convocare lassù una equipe di medici e capire quei sintomi. Alla baita stava bene, si sentiva tranquillo, rilassato. Non fosse stato per quei malesseri! Ma non poteva restare, il tarlo di sovrintendente ai lavori lo rosicchiava, era più forte di spossatezza, sudore e tranquillità. Arrivarono quattro medici. Tutti amici suoi, tutti luminari, tutti facoltosi e preparati, titolari di Ferrari e cliniche private. Cliniche dove un povero diavolo manco poteva passarci davanti. Chi ha soldi ha potere, si unisce, fa squadra. Intesse amicizie che hanno l'ambiguità della nebbia, la pericolosità del fuoco sotto la cenere.

Solo guardandolo in faccia, i luminari capirono che l'ingegnere era mal messo. Teneva dentro qualcosa di molto brutto e lo aveva covato da tempo. Furono cauti ma dovettero convincerlo che urgevano ricovero immediato e una serie di analisi. Scegliesse lui la clinica che preferiva. Ce n'erano tante, anche le loro. Ma, per non sembrare opportunisti, fecero nomi di posti famosi dove s'erano curati principi e capi di stato. Molte si trovavano nella terra degli orologi.

«Cosa c'è che non va?» domandò l'ingegnere. «Vi vedo seri.»

«Sospettiamo un brutto affare» disse uno dei quattro, «bisogna fare in fretta, credo si possa ancora intervenire. Speriamo non abbia messo radici profonde.»

Alla parola "radici" l'ingegnere rammentò il sogno dell'albero. Gli vennero i brividi. Ecco perché l'enorme pianta deambulante diceva essere il male. Voleva mettere radici nel suo corpo. Forse le aveva già impiantate. I luminari lo scossero da quel torpore riflessivo.

«Bisogna che vada giù, deve farsi ricoverare subito» sentenziarono. Fingevano essere dispiaciuti, preoccupati, invece gongolavano. Finalmente l'arcimiliardario aveva una rogna. Finalmente una seria. La massima di La Rochefoucald per loro in quel momento cadeva precisa: "Nelle disgrazie dei nostri migliori amici, c'è sempre qualcosa che non ci dispiace affatto".

L'ingegnere rimase di pietra. Questa non se l'aspettava. Non se l'aspettava perché non l'aveva mai messa in conto. Troppo impegnato a togliere rocce e aggiungere soldi al mucchio, trascurò la possibilità di essere umano. Di conseguenza mortale. Ora capiva.

Congedò i luminari e decise di passare un'altra notte lassù, a riflettere. L'indomani avrebbe richiamato autista, auto, scagnozzi e affini per farsi riportare a valle. Non aveva ancora settant'anni.

Stava pensando a questo quando il sole declinò dietro uno

degli ultimi picchi superstiti. «Devo togliere anche quello» disse sottovoce. Poi si ritirò nella baita ma quella notte non dormì. Rifletteva sul responso dei medici. "Che sarà mai?" si domandava. Sospettava quel che in realtà era: un tumore. Ma dove? Era curabile? Ebbe paura. Cercò di darsi animo pensando che la medicina, e ancor più la chirurgia, avevano fatto progressi spaziali. Soprattutto nel campo dei tumori Molti malati guarivano perfettamente. "Molti" diceva tra sé, "ma non tutti. E se fra i non tutti ci fossi anch'io? Un cancro è un cancro, per quanto le cure siano progredite."

Venne la notte e la luna passò ancora davanti alla finestra. La guardò. Per la prima volta gli sembrò più bella del sole. Se proprio non più bella, almeno pari. Anche lei stava lassù e luceva nelle notti e faceva il suo giro. Osservava la luna.

Dopo il giudizio dei luminari gli si aprì un occhio nel cervello. Cominciò a vedere e scrutare particolari fino ad allora ignorati. Persino nella baita scopriva cose mai viste. Dettagli gradevoli, realtà a portata di mano, simpatiche, premurose, accoglienti. Si soffermava sulla maniglia della porta, sui vetri, sul legno lisciato delle pareti. Specialmente sulle venature di quelle assi, che parevano scritture di racconti. Come le vedesse per la prima volta, le reputava splendide. E poi altre cose, piccolezze sempre ignorate o trascurate e che ora gli balzavano agli occhi con prepotente novità.

D'improvviso gli tornarono alla mente le parole del luminare: «Speriamo non abbia messo radici profonde». "Radici" gli faceva paura. Erano cose che s'impiantavano, andavano a fondo, difficili da cavare. E quell'albero del sogno, mostruoso, gli infilava radici in tutto il corpo, le torceva, come girando un cavatappi. "Ecco perché" disse "il male era lui." Male inteso come malattia incurabile che corrode il corpo, terrorizza l'anima e porta alla morte.

La visione tetra dell'albero che marciava lo aveva spaventato parecchio. Ora capiva perché. Vagamente ne aveva intuito la minaccia? Il pericolo? Il senso della fine? Non si può sapere, si presume di sì. Siccome non dormiva, uscì nel pieno della notte a vedere se c'era ancora la luna. Non c'era più. Da qualche parte era tramontata come il sole. Nonostante non vi fossero più becchi e punte rocciose a nasconderla, se n'era andata lo stesso. Non vi è rimedio alle scomparse. Rientrò.

Qualcosa in lui stava mutando. Dopo anni di granitiche certezze, gli sorgevano dubbi. Appoggiò sulla piastra elettrica di vetro trasparente la macchinetta del caffè e aspettò che salisse. La cuccuma borbottò spandendo nella stanza l'odore corroborante del caffè. Ebbe l'impressione di sentire quelle cose per la prima volta. Sia il profumo che il borbottio. Quante minute sapienze aveva trascurato, ignorato, perduto in tanti anni d'impegno? Tante. Così tante che non osò farne un bilancio. Ma ci pensava. Seppur confusamente aveva chiara la certezza d'aver perso qualcosa. Su alla baita stava bene, si sentiva in pace. Quanti momenti come quello avrebbe potuto godersi?

Scosso nel profondo da tali riflessioni, scattò in lui la ribellione. Avrebbe lottato, reagito, avrebbe vinto il male e poi sarebbe tornato lassù, ad acciuffare i momenti perduti, godere delle piccole cose. L'indomani fece alcune telefonate e di lì a qualche ora arrivarono auto, autisti, scagnozzi e inservienti. La missione era prendere il padrone delle rocce e portarlo a valle.

Venne ricoverato in gran segreto in una privatissima clinica, nella città dove si misura il tempo col denaro. E dove si fabbricano oggetti che misurano il tempo ai rintocchi del denaro. Chi li voleva, infatti, doveva farne cantare parecchio. Alcuni di quegli oggetti d'oro, tempestati di pietre preziose e diamanti, arrivavano a cifre che un operaio non avrebbe guadagnato nell'intera vita, mentre l'ingegnere ne possedeva più di uno che ostentava con finta noncuranza.

Ora, fin dal primo minuto in quella clinica, il tempo lo misurava lui, sulla pelle viva. E confidava strenuamente sui dottori, orologiai esperti col compito arduo di prolungare i battiti del suo cuore. Nella mente s'affacciavano il passato, che conosceva, il presente, che temeva, e il futuro, che ignorava. Gli dissero che occorreva pazienza, dovevano fare indagini, analisi, attendere i risultati. L'ingegnere si rassegnò alla calma allontanando la fretta di sapere ma, in quella prima settimana, il tempo non passava mai.

S'accorse di guardare continuamente l'orologio che teneva al polso e costava quanto uno di quegli chalet di legno che vedeva sparsi là intorno. Lassù, in quel bel posto di montagna, nella patria dei segna tempo, ne aveva viste tante di quelle casette. Andava a villeggiare coi genitori, e se ben ricordava, ne tenevano una anche loro da qualche parte. E c'era ancora, ma lui non l'aveva più abitata. Una volta adulto, ebbe altro da fare. Levò l'orologio dal polso e lo ficcò in un cassetto ma, lo stesso, non riusciva a fare a meno di consultarlo.

Finalmente arrivarono i risultati delle analisi. Sì, era come pensavano i luminari. Qualcosa di irrimediabile, incurabile, localizzato nei polmoni, decretava per l'ingegnere soltanto sei mesi di vita. Poteva darsi qualcuno in più. Glielo dissero subito, senza preamboli né mezze misure. Occorreva tentare, operare e sperare. Un primario dall'aria tremendamente seria gli disse: «Si faccia coraggio e non disperi, potrebbe essere meglio di quel che emerge dal quadro clinico. Per il tipo di cancro che ha lei, le terapie hanno fatto passi da gigante. La ricerca è andata avanti ma non come si vorrebbe. Sa, i fondi sono sempre scarsi. Se ci fossero più soldi, più donazioni, si potrebbe cercare oltre, essere molto più ferrati contro i tumori. Solo una ricerca continua, seria, precisa può mandarci oltre e avere buon successo. Però, mancano i soldi».

«Mettetemi a posto» disse l'ingegnere. «Non bado a spese, i soldi non mi mancano.»

«Questo è noto» ribatté il primario, «ma la salute non si compra col denaro, come ben sa. Lei non immagina quanti sono morti qui dentro e avrebbero potuto comprare il mondo schioccando le dita! La morte è l'unica giustizia possibile, non spia nei portafogli prima di arrivare.»

«Mi lasci dire» balbettò l'ingegnere, «si muore tutti ma c'è differenza tra morire poveri e morire ricchi.»

«Certo che c'è differenza» rispose il primario, «anzi ce ne sono due. Una è che il povero si frega le mani quando la morte giustizia un ricco. Prima invidioso ora contento. La seconda differenza si scaglia contro il ricco stesso il quale, nonostante i suoi imperi, deve andarsene alla chetichella come il miserabile. Dia retta a me, meglio morire poveri. Ci si convince di più, si accetta la signora con maggior rassegnazione. Il ricco muore avvelenato perché i soldi non possono salvarlo, né se li può ancora godere. E chiuderà gli occhi con il dubbio atroce: "A chi andrà il mio patrimonio?". Il ricco si giustizia da solo, mio caro.»

«La sua rampogna sembra fatta per me» balbettò l'ingegnere, «ma non oso credere che lei sia in bolletta, dottore.»

«Infatti non lo sono» disse il primario, «proprio per questo mi abbandono a cupe riflessioni.»

Il malato pensò alle parole appena udite. In tutta la sua vita non aveva offerto un centesimo per la ricerca sul cancro. E nemmeno per altre patologie ancora carenti di soluzioni. Ora che toccava a lui, capiva quanto sono importanti le donazioni, le raccolte di fondi, le offerte. Avrebbe voluto guarire subito, riprendersi la salute e tornare alla baita. Ma non aveva mai collaborato economicamente a far sì che un malato potesse guarire. Non si vergognò, ebbe solo paura.

Prima di operarlo, lo prepararono per venti giorni. Lo rimisero in forze, gli registrarono il cuore scarburato dalla paura e dai rimpianti.

Finalmente il giorno arrivò. L'intervento andò bene ma durò parecchie ore. Fu solo per allungargli la vita di qualche tempo. Forse un anno o giù di lì, ma non era detto. L'ingegnere si svegliò pieno di cannucce e cateteri. Appena fu lucido, chiese se tutto fosse a posto.

«Tutto ok» lo rassicurò il primario dall'aria truce.

Iniziò un periodo di farmaci, chemioterapie e altre cure debilitanti. L'ingegnere voleva guarire, ci provava, si sforzava, ce la metteva tutta. Ma le forze non tornavano. Nonostante la discreta età, prima della malattia era ancora un bell'uomo. I capelli ondulati, seppur grigi, conservavano venature di scuro e incorniciavano un volto da attore del cinema. Era stato un uomo fortunato, l'ingegnere, sempre a collezionar vittorie.

Non aveva mai perduto niente, nemmeno i capelli. Ricco, bello, prestante, celibe e celebre. In negativo, certo, ma comunque sempre celebre. Adesso, nella clinica superprivata, si guardava allo specchio per scrutare ciò che di lui restava. I capelli, dei quali menava vanto, erano caduti sotto il rasoio delle chemio.

Magro, succhiato dalla malattia, le ginocchia due mele sostenute da stecchi, si contemplava. Pallido, si può dire verdastro, un volto di occhi sprofondati, inquieti, comunicava stupore, rimorso e angoscia del futuro. In una parola, esprimeva paura. Quella della morte, l'ingegnere non era scemo. Aveva capito dal suo corpo, dai discorsi e dagli sguardi dei medici che era al capolinea. Il percorso intorno ai monti finiva lì.

Contava di riprendersi un poco, tirare avanti qualche tempo, anche un anno soltanto. Voleva di nuovo salire alla baita a contemplare le piccole cose, vedere il bosco. Gli tornavano davanti agli occhi le venature del legno che ricamavano le assi all'interno della casetta. Raccontavano storie di alberi. Cirmoli antichi che avevano visto gli inverni e le altre stagioni. Quanta gente vi era passata accanto? Raccontavano senza aprir bocca, con linee curve, ghirigori, sfumature e fiammate color pastello. L'ingegnere era tutto lì.

Aveva accumulato fortune immense, demolito picchi rocciosi per liberare il sole, impartito ordini con lo sguardo, impaurito uomini con la voce e ora si trovava in balìa di uomini.

Il suo denaro non lo guariva, il suo potere immenso non lo guariva, il suo denaro non lo consolava. Di tutte le sue imprese, conquiste, case, automobili non ricordava nulla. Rammentava soltanto quelle venature misteriose, incise dagli anni dentro alberi che divennero assi profumate per rivestire una tranquilla baita di montagna. Il mondo vasto e sterminato dell'ingegnere si restringeva, stava diventando piccolo piccolo, condensandosi in qualche sfumatura di legno. Ma erano segni importanti, quei cerchi definivano l'età dell'albero. Gli anni sono biografie di uomini, gli anelli degli alberi pure, ma raccontano le loro storie in silenzio. Un albero che cade non si rialza, un uomo sì.

Pochi giorni dopo l'intervento, l'ingegnere tentò di mettersi in piedi e vi riuscì. Ma era debole e fragile come una foglia secca. Bastava un lievissimo sforzo per disperderlo come un soffione al vento. Nonostante tutto non demordeva, né disperava. Voleva tornare alla baita. Lo martellava un pensiero fisso: "Quanto tempo avrò per stare lassù". La conferma che ne aveva poco gliela fornì lo stesso primario dall'aria cupa.

Una mattina lo convocò nel suo studio e gli disse: «S'accomodi. Anche con lei devo essere sincero, come lo sono con tutti i malati. Il suo è un tumore avanzato, con metastasi un po' ovunque. La vita che le resta è in mano nostra, alle cure che possiamo darle. Ma non s'illuda troppo. Potrebbe essere tra un mese, due, cinque. Anche un anno, di più non credo. Glielo dico non per cinismo ma perché possa fare bene i suoi conti. Metta a posto le cose, se ne ha da mettere. È dovere di ogni medico avvertire il paziente del quadro clinico che lo interessa. Glielo ripeto per non crearle aspettative né illusioni: il suo è un tumore aggressivo, dei più letali, e ci meraviglia che sia capitato a lei. Di solito colpisce minatori, cavatori di pietra, fumatori incalliti, gente che respira acidi tossici, polvere di marmo. Robe così. Mi torna strano sia toccato a lei. Comunque, la situazione è questa. Da parte nostra, non le faremo mancare nulla. Altresì ci impegneremo affinché il tempo che le rimane sia degno d'esser vissuto».

L'ingegnere ricordò molti operai dei suoi cantieri morti di carcinoma ai polmoni. Poi rifletté a testa bassa su alcune parole appena udite: “La vita che le resta è in mano nostra...”. Lui, che i suoi simili li guardava dall’alto in basso, fossero capi di stato o re, adesso dipendeva da loro. Da un pugno d’uomini strapagati che potevano tenerlo in vita ancora un po’. “Era strano il destino” diceva tra sé. Molte volte imprevedibile.

Però avrebbe dovuto aspettarselo, non può andare sempre dritta. L’essere umano dovrebbe riflettere ogni mattina, prima di affaccendarsi, che da un minuto all’altro l’esistenza può cambiare. Specie quando tutto è filato liscio per tanti anni. Tale esercizio serve a sprecare meno tempo. Questo pensava l’ingegnere.

Senza profferir parola, all’infuori di un balbettato “grazie”, salutò il primario e tornò nella sua stanza. Oppresso da un peso enorme, alto come le montagne che aveva demolito, guardava il soffitto bianco. Per la prima volta i suoi occhi riuscirono a spremere una lacrima.

13
Apparizione

In quella clinica per malati facoltosi, la riservatezza era una saracinesca chiusa. Nessuno poteva far visita ai pazienti se non dopo una minuziosa indagine dei cerberi posti a vigilanza. Nemmeno i parenti più stretti avevano accesso senza sottoporsi al vaglio severo imposto dall'alto. Alla reception dovevano dichiararsi, esibire documenti, passare ai raggi x ogni centimetro del loro corpo. Un metal detector faceva il resto. Ma non bastava. Una telecamera li metteva a contatto visivo col degente il quale, verificata l'identità, ordinava se concedere via libera o meno. Insomma, era lui che decideva se vedere gente o no. E se diceva no, non c'era verso di passare.

Un giorno capitò quanto segue. Il piccolo altoparlante della stanza avvertì con un sussurro che l'ingegnere aveva visite.

«Una persona la cerca» annunciò la voce afona.

«Niente visite da chicchessia» rispose perentorio.

La voce dell'aggeggio disse: «Va bene». Ma dopo un po' la richiesta tornò. La bocca artificiale disse: «Perdoni ingegnere, questa persona insiste, vuole incontrarla, afferma di conoscerla bene. Prima di mandarla via accetti almeno di vederla allo schermo. Dice che per lei ha traversato l'oceano».

Il distruttore, appassito e stanco, accettò di aprire lo schermo solo per curiosità. Schiacciò un pulsante e il vetro s'illuminò. Vide un volto strano, rotondo, rubizzo, ridicolo, occhiali spessi sugli occhi. L'ingegnere ebbe un attimo di sbandamento prima di gridare: «Fatelo passare subito!».

Lo aveva riconosciuto, era l'omino del binocolo e dei quaderni scribacchiati. L'ometto che non vedeva da anni, cui pensava ogni tanto, era apparso d'improvviso, come qualcuno che torna da un altro mondo. O da un paese remoto. Infatti tornava dall'America, dove aveva messo a punto una cura per certe malattie rare dei bambini.

L'ingegnere balzò sulla poltrona. Da tanto tempo non provava simile contentezza. Una gioia profonda, segreta, che decise di manifestare. Lui, sempre abbottonato, serio, spesso glaciale, accigliato, adesso gioiva alla vista dell'omino del quale manco sapeva il nome. «È tornato» diceva a voce alta, «il mio amico è tornato.»

Con una borsa in mano, l'omino venne fatto entrare nella stanza che sembrava più un salotto che una camera d'ospedale. L'ingegnere gli si buttò al collo e lo strinse come si stringe un figlio creduto morto che rispunta d'improvviso. «Finalmente la rivedo, non sa quante volte ho pensato a lei. Mi chiedevo spesso dove fosse finito e, nello stesso tempo, mi stupivo di chiedermelo. Mettiamoci comodi, ora dovrà raccontarmi un sacco di cose. Sono curioso ma soprattutto felice di rivederla.»

L'omino non aprì bocca. Si ficcò nella poltrona, la borsa sulle ginocchia, gli occhiali in punta al naso. Era rimasto tale e quale ai tempi passati. Pareva vecchio allora e adesso idem, soltanto un po' più grassoccio. L'ingegnere chiuse la porta schiacciando un pulsante. Dopo un silenzio di vetro, che pareva non rompersi nemmeno con una pallottola, nella stanza sibilò come un ronzio la voce dell'omino. «Sapevo che era malato, ma mi creda, non sono venuto per questo.»

«E perché, allora?» domandò l'ingegnere. E aggiunse: «Come una volta, lei risponde sempre enigmatico, ma meglio di niente».

«Sono qui perché ho saputo che ne avrà per poco, non le resta molto da vivere, lo sa?»

«Lo so» disse l'ingegnere guardando basso, «e lei come lo sa?»

«Gli uomini ricchi e potenti come lei sono molto invidiati. Anzi, sono odiati. Da tutti. Quando tali uomini vengono colpiti da scandali, o peggio da gravi disgrazie, il mondo gongola. Gongola perché le notizie corrono e se corrono vuol dire che sono partite. Qualcuno ha dato loro il via, come il colpo di pistola al podista. Lei crede di essere al riparo qui dentro, che da questi muri non trapeli niente. Invece fuori, tutti aspettano che lei tiri le cuoia fra spasmi atroci. Non si è fatto voler bene, lei, mi creda.»

«Non era questo il mio obiettivo» rispose l'ingegnere, più deluso che seccato dalla privacy violata, «farmi voler bene non mi è mai interessato. A ventinove anni avevo una fidanzata. Diceva di amarmi e mi rendeva la vita insopportabile. Fu anche a causa sua che scappai nella baita. Se questo è il bene lo lascio a voi. Cosa crede che a lei qualcuno voglia bene? Se lo scordi.»

L'omino disse: «Io preferisco amare che essere amato. Non pretendo che qualcuno mi voglia bene, voglio voler bene agli altri. Senza esser ricambiato. Ma, per tornare a prima, sono venuto anche per un'altra cosa».

«Quale?» domandò il malato.

«Questa» disse l'omino. Aprì la borsa, tirò fuori un grosso volume rilegato in cuoio dal titolo a caratteri scuri *Il pianto dei monti*, e lo porse all'ingegnere. «Lo legga e lo guardi attentamente» disse l'omino, «anche se per lei il tempo va di fretta, ne avrà abbastanza per finirlo.»

Il malato sfogliò un ciuffo di pagine a casaccio. Lo fece più volte. Alternavano testo e fotografie a colori. Il libro pesava parecchio, tanto da costringer l'ingegnere a posarlo sul tavolo.

L'omino chiese: «Lei ricorda quando bazzicavo i suoi cantieri a guardare col binocolo?».

«Certo che ricordo, all'inizio mi dava anche fastidio.»

«Ebbene, quello non era un binocolo ma una macchina fotografica molto sofisticata. Riprendevo le cime, i picchi, le rocce che lei avrebbe demolito per far passare il sole. Sa, ognuna di quelle montagne aveva una vita sua, una forma, una storia. Tutte cose che stavano per essere cancellate. Mio dovere era salvarne almeno la memoria. A lei forse non interessa, ma se uno distrugge qualcosa, ci vuole un altro che metta al sicuro il ricordo della cosa distrutta. La morte distrugge gli uomini, ma ne rimangono fotografie, pitture, busti, storie. Le loro facce. La memoria va salvata, farlo è dovere di tutti. Non sempre succede, infatti molta memoria è andata perduta. Non nel suo caso. Dopo quarant'anni in questo libro lei potrà vedere cos'ha combinato. Quello che c'era prima e cosa c'è adesso. Una volta finito tragga le conclusioni. Con questo libro mi pongo a lei come sua coscienza. Quella che un giorno mi disse non avere, forse è qui dentro. Le pagine scritte narrano la storia dei monti cancellati sui quali uomini di ogni epoca avevano sognato e faticato, erano nati e morti. Lo legga e lo consulti, non dico le farà bene, di sicuro le aprirà gli occhi.»

L'ingegnere era rimasto di stucco. Per un bel po' non riuscì a profferir parola. Alla fine disse: «Se è per questo gli occhi li ho già aperti. Li ho spalancati ora che sto per chiuderli del tutto. Troppo tardi, ma meglio di niente». E si mise a piangere.

L'omino s'alzò e gli posò una mano sulla spalla. «Non faccia così» disse, «ormai è inutile, quello che è stato non si rimedia. Lei ha sbagliato. Ma, se questo la può consolare, le dico che gli errori diventano tali solo dopo, quando li abbiamo commessi. Prima non esistono.»

«Io ho perseverato nell'errore per quarant'anni. E anche prima commettevo errori. Ora sono alla fine. Ma si può fare qualcosa anche all'ultimo istante. Le buone azioni sono come il respiro, può essere l'ultimo prima della morte. Sa quando mi sono accorto d'aver sbagliato tutto? Di aver buttato la vita?»

«No» disse l'omino tenendogli ancora la mano sulla spalla.

«Quando mi hanno portato a valle per condurmi qui. Laggiù, nel paese dove vissero i miei genitori e per trent'anni anch'io, mi accorsi che il sole picchiava comunque nella spalla del monte. Visto dal basso toccava ancora. In quel momento ho capito di aver sprecato quarant'anni per niente. Qualcuno un giorno me lo aveva fatto notare, era un vecchio scrittore. Ma io avevo risposto che in basso non ci andavo, non ero uomo da scendere ma da salire, stare in alto. Invece son scivolato ai piedi della morte. Ma prima, ho deturpato un paesaggio, distrutto boschi, sbudellato prati e pascoli e umiliato persone. Soltanto per ottenere più sole, più soldi e meno salute. Così, non solo ho buttato la vita alle ortiche, ma non ho nemmeno goduto il sole che avevo già. Troppo impegnato a volere di più, non ho avuto nulla. Lei non può capire il dramma di un uomo che, davanti ai settant'anni e un piede nella fossa, scopre aver sprecato tutto. La vita non ha una seconda edizione, ora lo comprendo bene. Ricordo aver letto da giovane parole di un grande scrittore che dicevano: "La vita si scrive in brutta copia, e non c'è tempo di correggerla e ricopiarla in bella". Allora non ci badavo, anzi, quelle frasi mi facevano ridere. Ora che è troppo tardi scopro la verità senza scampo di quelle parole.»

«È andata così» disse l'omino. «Lei ha detto bene, ormai è tardi. Ora io devo andare ma, se permette, vorrei tornare a trovarla, tenerle compagnia. Adesso è un uomo solo. Non per mancanza di amici ma perché sta per morire, e chi muore è sempre solo.»

«Torni, la prego» sussurrò l'ingegnere.

«Tra quindici giorni» rispose l'omino, «le lascio tempo di leggere il libro, guardare le foto, cavarne sensazioni e conseguenze.»

«Se è per questo le ho già tratte» disse il malato, «ma lo leggo volentieri, anche se mi farà male.»

L'omino lo abbracciò, lo strinse e prima di lasciarlo mormorò: «Coraggio».

L'ingegnere si avvicinò alla porta, premette il solito pulsante e l'aprì, tese la mano all'amico ritrovato e disse: «Torni a trovarmi, la prego, non sarà per molto. Deve raccontarmi dei bambini malati, di come procede la sua ricerca per salvarli».

«Tornerò» disse l'omino, «glielo prometto.» Lasciò la mano dell'ingegnere e uscì.

Passarono i quindici giorni e puntualmente l'omino tornò alla clinica. Nel frattempo l'ingegnere aveva divorato il libro. Lesse le storie delle montagne distrutte, osservò le foto del prima e del dopo. Un profondo rammarico lo afferrò alla gola. Tutti quei picchi, campanili, torri non esistevano più. Nessuno poteva più ammirarli, nessun miracolo li avrebbe ricollocati al loro posto. Un danno incalcolabile per quella zona e i suoi abitanti. Soltanto alla fine del sentiero, l'ingegnere era uscito dal sogno allucinato. Si rendeva conto solo ora di aver fatto un buco nell'acqua.

Il male incurabile aveva messo in luce i suoi errori, ora gli stava presentando il conto. Ci volle lo scacco finale a fargli aprire gli occhi. Ma non era un caso isolato. Tutti gli uomini sprecano tempo e vita affaccendandosi più del dovuto in cose inutili. Cose che al semplice viver quotidiano non servono affatto. E quando arriva l'inciampo scoprono di essersi negati momenti irripetibili. Quando è troppo tardi scoprono la vita, sanno come fare. Come era da fare. Così toccò all'ingegnere. Con la differenza che lui, prima di capire, aveva macellato un intero paesaggio, patrimonio di tutti.

Questa volta l'omino non fu sottoposto a perquisizione e nemmeno all'onta del teleschermo. Fu fatto passare subito, l'ingegnere aveva dato ordini precisi. «A quello niente fastidi.»

Si abbracciarono di nuovo stretti, come si fa quando qualcuno se ne deve andare. L'ingegnere disse: «Mi racconti dei suoi bambini».

L'omino illustrò progressi e sconfitte nella cura delle malattie rare che uccidevano migliaia di pargoli. Dopo un'ora buona concluse così: «Sa, si potrebbe fare molto di più, esser più avanti nella ricerca ma purtroppo mancano sempre i fondi necessari. Per portare la ricerca a livelli soddisfacenti, ci vogliono molti soldi».

L'ingegnere si fece pensieroso. Disse: «Quando avevo quella fidanzata che le accennai, mi sarebbe piaciuto avere un figlio da lei. Poi le cose andarono diversamente e non volli più saperne. Mettere al mondo figli è dare vita a gente che soffre. Meglio fare a meno».

L'omino disse: «I bambini malati, quelli senza speranza, sono figli nostri. Quando muore uno di loro si dovrebbe piangere tutti. Invece piangiamo per noi, pensiamo alle nostre magagne che il più delle volte sono sciocchezze».

L'ingegnere si fece ancora più serio. Il suo volto controluce era trasparente. Non parlò per un bel po'. Alla fine disse: «Le devo chiedere un favore, anzi due. Non mi dica di no».

«Sentiamo» disse l'omino.

«Appena mi reggo sulle gambe mi accompagna da un notaio, devo mettere a posto le mie cose. Prima che sia troppo tardi ho da concludere un affare.»

«Pensa ancora agli affari, la lezione non è servita a niente.»

«Lasci perdere le rampogne, dia retta a me, so quel che faccio, è una cosa importante, mi creda, e giusta. Forse la prima cosa giusta che faccio. Di sicuro l'ultima.»

«Va bene, starò ai suoi ordini.»

«Poi c'è il secondo favore» riprese l'ingegnere.

«Dica pure.»

«Mi deve accompagnare in gran segreto sulle creste dove ho smantellato i picchi. Voglio rendermi conto da vicino, sentire quel che ho fatto lassù. Ora che ho la morte addosso, sarà diverso essere lì, al cospetto delle mie vittime.»

«Anche questo è possibile» disse l'omino. «Mi faccia sapere quando vuole andare.» Fece per uscire dalla stanza, poi, come se ricordasse qualcosa, tornò indietro e chiese: «A proposito, ha letto il libro?».

«L'ho letto» rispose l'ingegnere «e pure studiato bene. È

mostruoso quel che ho fatto, ma pure grandioso. Si rende conto che lavoro? Tutto per spianare la via del sole.»

«Gli atti più grandiosi del mondo spesso producono danni incalcolabili» ribatté l'omino. «Pensi alle guerre. Non è poi detto che un'opera grandiosa sia utile all'umanità. Pensi ai soldi spesi per andare su altri pianeti. Astronavi e viaggi di anni. Opere grandiose, ma a che servono? Con tutto quel denaro aiuterei i miei bambini.»

D'improvviso, l'ingegnere sembrò ricordare qualcosa. «Mi tolga una curiosità» disse, «riguarda il suo libro. Nonostante lei col suo binocolo fosse assente, e lo è stato per anni, il libro riporta tutte le foto di quel periodo. Anche di quando lei non c'era. Come ha fatto? Chi ha mandato a fare le foto?»

«I droni, caro amico, i droni. Quei piccoli elicotteri che oggi hanno invaso il pianeta, allora erano i miei fotografi. Contenevano una piccola camera grande come una noce munita di un forellino.»

«Ah, ora capisco» disse l'ingegnere passandosi una mano sulla testa resa calva dalle chemio. E ricordò l'ogiva raccolta e posta sul caminetto della baita.

Si congedarono con un altro abbraccio. Prima di uscire, l'omino disse: «Mi avverta quando è pronto». Porse un pezzo di carta al malato. Era un biglietto da visita, privo di nome e cognome, soltanto un numero di telefono.

Passò un mese. Per un moribondo, una vita. Ormai era estate piena e tutto volgeva al termine. L'estate fa sentire anzitempo i sintomi della sua fine. Piccoli dettagli, segni impercettibili che solo un uomo senza più speranze riesce a cogliere. Una mattina l'omino ricevette la chiamata.

«Sono pronto» disse l'ingegnere.

«Arrivo» rispose l'omino.

«Mi dica dov'è, la faccio venire a prendere.»

«No, no, mi arrangio, preferisco essere solo noi due.»

«D'accordo, l'aspetto.»

Durante quel mese, l'ingegnere aveva mosso i suoi passi. L'omino arrivò. Dopo i convenevoli il malato salì nella piccola utilitaria dell'amico indicandogli dove andare. Davanti e dietro a loro, due auto enormi, blindate, vetri oscurati, quattro uomini per ognuna a scortare la scatoletta dell'omino. Si recarono da un famoso notaio, al centro della città dove nascevano gli orologi più belli e cari del mondo. S'accomodarono nello studio del dottore che, se proprio si vuole il nome, si chiama Antonio Marrese. Dopo i saluti e aver preso posto sulle poltrone, l'ingegnere disse: «Da oggi, la ricerca sulle malattie dei bambini non mancherà più dei fondi necessari. Intendo lasciare tutti i miei beni alla sua fondazione e alla ricerca. Questa decisione non risarcirà il mondo del danno che ho fatto, ma di certo mi farà morire più sereno. In pace no, quello sarà difficile, ma più sereno sì».

L'omino rimase allibito. «La ringrazio» balbettò, «la ringrazio a nome di tutti i bambini malati.»

«Sono io che la ringrazio per avermi aperto gli occhi, per avermi offerto la possibilità di un riscatto. Lei, senza volerlo, mi ha indicato la via di un recupero. Io l'ho compiuto.»

«Non sono stato io» disse l'omino. «Quel che le ho detto in questi giorni, glielo dicevo anche allora. Ma allora non capiva, o non voleva capire. Sa cos'è che l'ha fatta redimere? Che le ha fatto cambiare idea?»

«Credo ancora sia stato lei.»

«No» disse l'omino. «È stata la malattia. Il sapere che il biglietto era scaduto, il sentiero finito, la ballata conclusa. Questo è stato, non io. La malattia terminale è un collirio efficace, pulisce gli occhi, fa vedere tutto, il tempo sprecato, le bellezze trascurate. Purtroppo quel farmacista si chiama "destino" e fornisce il collirio sempre fuori tempo massimo. E così capita che la gente vorrebbe cantare quando non ha più voce. Quando che l'ha, invece di cantare pigola. O miagola, o abbaia. Questo è l'errore. E niente cambierà, mi creda. L'uomo ce la mette tutta a perdere il suo tempo. Lei ne è l'esempio. L'uomo vuole il successo che lo può arricchire e imporre sugli altri. Per ottenere deve fare ciò che non gli piace. E lo fa.»

L'ingegnere ricordò con dolore la frase del vecchio samurai colta nella baita dentro il libro *Hagakure*. "La vita umana non dura che un istante. Si dovrebbe trascorrerla a fare quello che piace. A questo mondo, fugace come un sogno, vivere nell'affanno facendo solo ciò che dispiace, è pura follia."

Ci fu un attimo di silenzio. Il notaio Marrese li ricondusse al motivo per cui erano lì. Conclusero le pratiche in tre giorni. Mancavano ancora dettagli e scartoffie, ma la professionalità del dottor Marrese mise a posto ogni cosa.

«Ora» disse l'ingegnere, «le ricordo che mi deve il secondo favore.»

«Lo so» rispose l'omino, «non dimentico facilmente le promesse. Devo portarla a vedere le creste dove lei ha tolto le montagne come denti da gengive.»

«Esatto» disse il malato, «ma la prego, non sottolinei certe cose, non mi dica cose che so già altrimenti viene meno la stima che ho per lei.»

Stabilirono un giorno preciso, verso fine settembre, quando l'autunno con le sue malinconie stava dietro i larici della baita pronto a balzar fuori. Solita procedura. L'omino e l'ingegnere nell'utilitaria, due auto di scorta con otto uomini vestiti da becchini, una davanti una dietro. Arrivarono lassù dopo un giorno e mezzo di viaggio. La città degli orologi era lontana. Salirono lentamente i tornanti che menavano alle creste mozze. Il traffico era notevole, auto su auto giù, di continuo. L'omino chiese il motivo di quel caos.

«È la strada che conduce alla "porta dell'inferno"» spiegò l'ingegnere. «Quelli che vede sono turisti. Curiosi a migliaia che vogliono spiare dentro quel buco orrendo. All'interno ho fatto costruire una scala a chiocciola lunga quanto i miei anni. Ogni anno che passava aggiungevo un metro. Sono sessantanove ma non credo aggiungerò il settantesimo.»

«Andiamo lì?» chiese l'omino.

«Proprio lì» rispose l'ingegnere.

Giunti alla porta dell'inferno, la clinica diventò un ricordo remoto. Tutt'attorno brulicava un formicaio di gente e automobili. Gli scagnozzi dell'ingegnere s'imposero d'autorità e fecero spazio. In fondo, il malato era tornato a casa sua, li comandava lui. L'omino tirò fuori da sotto la giacca il famoso binocolo e si mise a scrutare intorno.

«Vedo che non ha perso il vizio» disse l'ingegnere.

«Niente foto stavolta» disse l'omino, «solo una a lei, sulla cresta mutilata. La terrò per ricordo.»

L'ingegnere guardava. Vedeva dappertutto montagne spuntate come vecchie matite, picchi decapitati, becchi senza curve, corpi senza spalle. Rimasero qualche ora seduti in quel posto affollato, accanto a un albergo ristorante ancor più intasato.

«Tutta roba sua?» chiese l'omino all'ingegnere.

«No, sua, ora» rispose questi sorridendo.

L'omino si grattò il capo.

A un certo punto l'ingegnere disse: «Muovo quattro passi, voglio provare quanto reggono le gambe».

Gli scagnozzi si fecero sotto per aiutarlo ma lui li fermò. «No, voglio provare da solo, penso di farcela.» Lo lasciarono. L'ingegnere disse all'omino: «Prima mi ha scattato una foto col suo finto binocolo. La tenga da conto, sarà l'ultima. Non ne ho per molto, lo sa bene».

«Non dica così» ribatté l'omino. «Vi sono speranze seppur senza certezze. Può darsi la tiri avanti qualche anno, forse anche di più.»

«Non credo in Dio, quindi nemmeno ai miracoli» rispose.

Il malato s'avviò tremolando nella sua debolezza. Dopo i primi passi, parve pigliar forza e avanzò. Prese la direzione della costa occidentale, dove il sole andava a morire dietro l'ultimo picco non ancora divelto. Avanzò tra due ali di turisti che lo scrutavano in religioso silenzio. La figura magra, alta, spettrale, il viso giallastro, faceva paura. Quello che avanzava con passo stentoreo era uno degli uomini più ricchi e potenti del mondo. Ed era irriconoscibile. La folla taceva. Non lo insultava per pietà, non per paura della scorta. L'ingegnere malato guardò il cammino del sole. L'astro non voleva tramontare, lui gli aveva aperto la via. La via del sole era finalmente libera!

Per il bagliore di un attimo pensò proprio questo. Ma a fondovalle l'astro era sparito da un pezzo. Sentì il peso del fallimento e l'ironia del destino beffardo. Si diresse verso la porta dell'inferno. Qualcuno gli offrì la mascherina per non respirare i miasmi. «Non serve» disse, «mi sporgo appena.» E continuò. Gli sbloccarono il tornello dove i turisti dovevano pagare per passare. Lui non pagò, era roba sua. Anzi, ora era dell'omino, per i bambini malati. L'ingegnere si sporse sulla bocca scura della voragine.

Uno scagnozzo disse: «Signore, dobbiamo aiutarla?».

«No, questa è una prova che si deve affrontare da soli» rispose.

L'omino s'avvicinò per osservare. L'ingegnere sbirciò verso occidente. Provò un brivido. Vide il sole che spariva dietro l'ultimo picco rimasto. Nel frattempo udì il rimbombo delle ultime mine. Tutto era ultimo lassù, quel giorno, a quell'ora, col sole al tramonto. I suoi operai erano intenti a tirar via l'ultimo ostacolo.

L'ingegnere s'infilò nella foiba e cominciò a scendere. Contò scalino dopo scalino, uno, due, tre... Fino a sessantanove. Mancava uno a settanta. Lo scalino dell'ultimo metro non l'aveva aggiunto. Passò qualche minuto. Quando videro che non risaliva, gli scagnozzi accorsero. Alcuni scesero senza mascherine, la fedeltà non teme rischi. Giunsero in fondo alla scala ma l'ingegnere non c'era più. Aveva proseguito il cammino verso il basso, sulla scala del vuoto, verso il fondo. Proprio lui, un giorno ebbe a dire al vecchio scrittore cileno che non era uomo da scendere ma da salire. Stavolta invece era sceso. Ci furono subbugli, allarmi, caos. In superficie si gridò alla disgrazia. Ma disgrazia non fu.

L'omino non si scompose. Guardò verso le montagne mozzate. Le ricordava intere, ora non c'erano più. Coloro che sarebbero venuti dopo non le avrebbero mai viste. Per ricordarle rimaneva soltanto un libro.

Erto, 28 aprile 2016 – ore 17.39

Finisco di ricopiare in bella questo libro il 29 aprile 2016, alle ore 3 di notte. L'ho iniziato il 19 gennaio 2016. Sono ormai contento, ma per quanto? Boh. Non lo so e non voglio saperlo. Brindo alla vita e alla buona morte.

Mauro Corona

Indice